BIOGRAFIAS — MEMÓRIAS — DIÁRIOS — CONFISSÕES
ROMANCE — CONTO — NOVELA — FOLCLORE
POESIA — HISTÓRIA

1. MINHA FORMAÇÃO — Joaquim Nabuco
2. WERTHER (Romance) — Goethe
3. O INGÊNUO — Voltaire
4. A PRINCESA DE BABILÔNIA — Voltaire
5. PAIS E FILHOS — Ivan Turgueniev
6. A VOZ DOS SINOS — Charles Dickens
7. ZADIG OU O DESTINO (História Oriental) — Voltaire
8. CÂNDIDO OU O OTIMISMO — Voltaire
9. OS FRUTOS DA TERRA — Knut Hamsun
10. FOME — Knut Hamsun
11. PAN — Knut Hamsun
12. UM VAGABUNDO TOCA EM SURDINA — Knut Hamsun
13. VITÓRIA — Knut Hamsun
14. A RAINHA DE SABÁ — Knut Hamsun
15. O BANQUETE — Mario de Andrade
16. CONTOS E NOVELAS — Voltaire
17. A MARAVILHOSA VIAGEM DE NILS HOLGERSSON — Selma Lagerlöf
18. SALAMBÔ — Gustave Flaubert
19. TAÍS — Anatole France
20. JUDAS O OBSCURO — Thomas Hardy
21. POESIAS — Fernando Pessoa
22. POESIAS — Álvaro de Campos
23. POESIAS COMPLETAS — Mário de Andrade
24. ODES — Ricardo Reis
25. MENSAGEM — Fernando Pessoa
26. POEMAS DRAMÁTICOS — Fernando Pessoa
27. POEMAS — Alberto Caeiro
28. NOVAS POESIAS INÉDITAS & QUADRAS AO GOSTO POPULAR — Fernando Pessoa
29. ANTROPOLOGIA — Um Espelho para o Homem — Clyde Kluckhohn
30. A BEM-AMADA — Thomas Hardy
31. A MINA MISTERIOSA — Bernardo Guimarães
32. A INSURREIÇÃO — Bernardo Guimarães
33. O BANDIDO DO RIO DAS MORTES — Bernardo Guimarães
34. POESIA COMPLETA — Cesar Vallejo
35. SÔNGORO COSONGO E OUTROS POEMAS — Nicolás Guillén
36. A MORTE DO CAIXEIRO VIAJANTE EM PEQUIM — Arthur Miller
37. CONTOS — Máximo Górki
38. NA PIOR, EM PARIS E EM LONDRES — George Orwell

NOVAS POESIAS INÉDITAS
&
QUADRAS AO GOSTO POPULAR

Vol. 28

Capa
Cláudio Martins

EDITORA ITATIAIA
BELO HORIZONTE
Rua São Geraldo, 53 — Floresta — Cep. 30150-070
Tel.: 3212-4600 — Fax: 3224-5151
e-mail: vilaricaeditora@uol.com.br
Home page: www.villarica.com.br

Fernando Pessoa

NOVAS POESIAS INÉDITAS
&
QUADRAS AO GOSTO POPULAR

EDITORA ITATIAIA
Belo Horizonte

2005

Direitos de Propriedade Literária adquiridos pela
EDITORA ITATIAIA
Belo Horizonte

Impresso no Brasil
Printed in Brazil

ÍNDICE

Data das poesias
19-11-1908 Dolorosa	11
6-11-1909 Nova Ilusão	12
21-11-1909 Às vezes, em sonho triste	13
18-1-1910 Estado de Alma	14
12-5-1910 Tédio	15
26-7-1910 Não sei o quê desgosta	16
12-5-1913 Eis-me em mim absorto	17
3-6-1913 Deus	18
19-10-1913 Sou o fantasma de um rei	19
24-10-1913 [?] Meus gestos não sou eu	20
4-5-1914 Oca de conter-me	21
7-8-1914 Dentro em meu coração faz dor	22
19-6-1915 O meu tédio não dorme	23
24-7-1916 Alga	24
26-11-1916 Scheherazad	25
10-2-1917 O mundo rui a meu redor, escombro a escombro	26
12-6-1918 L´homme	27
5-3-1919 [?] Porque vivo, quem sou, o que sou, quem me leva?	28
14-9-1919 No alto da tua sombra, a prumo sobre	29
14-9-1919 À noite	30
12-10-1919 Vendaval	31
16-2-1920 No limiar que não é meu	33
11-1-1922 Ó curva do horizonte, quem te passa	35
2-9-1922 Lá fora a vida estua e tem dinheiro	36
31-8-1929 Nas grandes horas em que a insônia avulta	37

Data das poesias
7-7-1930 Dormi. Sonhei. No informe labirinto	38
24-8-1930 Não sei quantas almas tenho	39
26-8-1930 Tenho pena e não respondo	40
26-8-1930 Passam na rua os cortejos	41
18-10-1930 Passa entre as sombras de arvoredo	42
19-1-1931 Na orla do vento movem	44
19-1-1931 Cai amplo o frio e eu durmo na tardança	45
12-2-1931 No chão do céu o Sol que acaba arde	46
13-3-1931 Sonhei. Disperto. Um tédio doloroso	47
13-3-1931 Quando é que o cativeiro	48
17-3-1931 No fundo do pensamento	49
30-3-1931 Não tenho quinta nenhuma	50
18-4-1931 Guardo ainda, como um pasmo	51
1-5-1931 Se penso mais que um momento	52
30-5-1931 Não digas que, sepulto, já não sente	53
9-8-1931 Quando estou só reconheço	54
4-10-1932 Quanto fui jaz. Quanto serei não sou	55
20-1-1933 Olhando o mar, sonho sem ter de quê	56
10-2-1933 Quando, com razão ou sem	57
24-2-1933 Tudo foi dito antes que se dissesse	58
13-3-1933 Na noite em que não durmo	59
2-8-1933 Sim, farei...; e hora a hora passa o dia	60
13-8-1933 Todas as cousas que há neste mundo	62
5-9-1933 De além das montanhas	63
15-9-1933 A lavadeira no tanque	64
15-9-1933 Talhei, artífice de um morto rito	65
15-9-1933 Há em tudo que fazemos	66
19-9-1933 Meu coração tardou. Meu coração	67
19-9-1933 A miséria do meu ser	68
19-9-1933 Vão na onda militar	69
22-9-1933 A criança que fui chora na estrada	70
23-9-1933 Qualquer coisa de obscuro permanece	72
28-9-1933 Sonhei, confuso, e o sono foi disperso	73
28-9-1933 Se acaso, alheado até do que sonhei	74

Data das poesias

2-10-1933 Durmo ou não? Passam juntas em minha alma	75
19-11-1933 Onde o sossego dorme	76
30-11-1933 Servo sem dor de um desolado intuito	77
3-4-1934 Bóiam farrapos de sombra	79
22-4-1934 Tudo que sou não é mais do que abismo	80
26-4-1934 Sangra-me o coração. Tudo que penso	81
9-5-1934 Tudo que sinto, tudo quanto penso	83
16-6-1934 Quem me amarrou a ser eu	84
6-7-1934 Já me não pesa tanto o vir da morte	85
21-8-1934 As coisas que errei na vida	86
26-8-1934 Quero dormir. Não sei se quero a morte	87
5-9-1934 Se alguém bater um dia à tua porta	88
5-9-1934 Sim, vem um canto na noite	89
5-9-1934 Tudo que amei, se é que o amei, ignoro	90
6-9-1934 Tudo, menos o tédio, me faz tédio	91
10-9-1934 A nuvem veio e o sol parou	92
10-9-1934 Divido o que conheço	93
13-9-1934 Deslembro incertamente. Meu passado	94
13-9-1934 Se há arte ou ciência para ler a sina	95
15-9-1934 Bem sei que estou endoidecendo	96
20-9-1934 Bem sei que há ilhas lá ao sul de tudo	97
9-10-1934 Bem sei que todas as mágoas	98
7-1-1935 Não quero rosas, desde que haja rosas	99
5-3-1935 Sim, está tudo certo	100
2-6-1935 Elegia na Sombra	101
12-6-1935 O meu sentimento é cinza	107
20-6-1935 Já estou tranquilo. Já não espero nada	108
2-9-1935 Desce a névoa da montanha	109
2-9-1935 Já não me importo	110
17-9-1935 O véu das lágrimas não cega	111
3-10-1935 a. m. Ouvi os sábios todos discutir	113
Sem data Ah, como o sono é a verdade, e a única	114
Sem data Aquilo que a gente lembra	115

Sem data Sou o Espírito da treva 117
Sem data Um cansaço feliz, uma tristeza informe 118
Sem data Não combati: ninguém mo mereceu 119
Sem data Dormi, sonhei. No informe labirinto 120
Sem data Meu pensamento, dito, já não é 121
Sem data Dai-me rosas e lírios 122
Sem data Lembro-me bem do seu olhar 124
Sem data Sono 125

DOLORA

19-11-1908

Dantes quão ledo afectava
Uma atroz melancolia!
Poeta triste ser queria
E por não chorar chorava.

Depois, tive que encontrar
A vida rígida e má.
Triste então chorava já
Porque tinha que chorar.

Num desolado alvoroço
Mais que triste não me ignoro.
Hoje em dia apenas choro
Porque já chorar não posso.

NOVA ILUSÃO

6-11-1909

No rarear dos deuses e dos mitos
Deuses antigos, vós ressuscitais
Sob a forma longínqua de ideais
Aos enganados olhos sempre aflitos.

Do que vós concebeis mais circunscritos,
Desdenhais a alma exterior dos ritos
E o sentimento que os gerou guardais.

Lá para além dos seres, ao profundo
Meditar, surge, grande e impotente
O sentimento da ilusão do mundo.

Os falsos ideais do Aparente
Não o atingem — único final
Neste entenebrecer universal.

21-11-1909

Às vezes, em sonho triste,
Nos meus desejos existe
Longinquamente um país
Onde ser feliz consiste
Apenas em ser feliz.

Vive-se como se nasce
Sem o querer nem saber.
Nessa ilusão de viver
O tempo morre e renasce
Sem que o sintamos correr.

O sentir e o desejar
São banidos dessa terra.
O amor não é amor
Nesse país por onde erra
Meu longínquo divagar.

Nem se sonha nem se vive:
É uma infância sem fim.
Parece que se revive
Tão suave é viver assim
Nesse impossível jardim.

ESTADO DE ALMA

18-1-1910

Inutilmente vivida
Acumula-se-me a vida
Em anos, meses e dias;
Inutilmente vivida,
Sem dores nem alegrias,
Mas só em monotonias
De mágoa incompreendida...

Mágoa sem fogo de vida
Que a faça viva e sentida;
Mas a mágoa de mãos frias
E inaptas para arte ou lida,
Nem pra gestos de agonias
Ou mostras de alma vencida.

Nada: inerte e dolorida,
A minha dor se extasia
Por não ser, e tem só vida
Para em torno a noite fria
Sentir vaga e indefinida...

TÉDIO

12-5-1910

Não vivo, mal vegeto, duro apenas,
Vazio dos sentidos porque existo;
Não tenho infelizmente sequer penas
E o meu mal é ser (alheio Cristo)
Nestas horas doridas e serenas
Completamente consciente disto.

26-7-1910

Não sei o quê desgosta
A minha alma doente.
Uma dor suposta
Dói-me realmente.

Como um barco absorto
Em se naufragar
À vista do porto
E num calmo mar,

Por meu ser me afundo,
Pra longe da vista
Durmo o incerto mundo.

12-5-1913

Eis-me em mim absorto
Sem o conhecer
Bóio no mar morto
Do meu próprio ser.

Sinto-me pesar
No meu sentir-me água...
Eis-me a balancear
Minha vida-mágoa.

Barco sem ter velas...
De quilha virada...
Frio o céu d'estrelas
Como nua espada.

E eu sou vento e céu...
Sou o barco e o mar...
Só que não sou eu...
Só o quero ignorar.

DEUS

3-6-1913

Às vezes sou o Deus que trago em mim
E então eu sou o Deus e o crente e a prece
E a imagem de marfim
Em que esse deus se esquece.

Às vezes não sou mais do que um ateu
Desse deus meu que eu sou quando me exalto.
Olho em mim todo um céu
E é um mero oco céu alto.

19-10-1913

Sou o fantasma de um rei
Que sem cessar percorre
As salas de um palácio abandonado...
Minha história não sei...
Longe em mim, fumo de eu pensá-la, morre
A ideia de que tive algum passado...

Eu não sei o que sou.
Não sei se sou o sonho
Que alguém do outro mundo esteja tendo...
Creio talvez que estou
Sendo um perfil casual de rei tristonho
Numa história que um deus está relendo...

24-10-1913[?]

Meus gestos não sou eu.
Como o céu não é nada,
O que em mim não é meu
Não passa pela estrada.

O som do vento dorme
No dia sem razão.
O meu tédio é enorme.
Todo eu sou vácuo e vão.

Se ao menos uma vaga
Lembrança me viesse
De melhor céu ou plaga
Que esta vida! Mas esse

Pensamento pensado
Como fim de pensar
Dorme no meu agrado
Como uma alga no mar.

E só no dia estranho
Ao que sinto e que sou
Passa quanto eu não tenho,
'Stá tudo onde eu não estou.

Não sou eu, não conheço,
Não possuo nem passo.
Minha vida adormeço
Não sei em que regaço.

4-5-1914

Oca de conter-me
Como a hora dói!
Pérfida de ter-me
Como me destrói
O meu ser inerme!

Ó meu ser sombrio!
Ó minha alma tal
Como se p'lo rio
Do meu ser igual
Sempre a mim, e frio

De nocturno e meu,
Passasse, cantando,
Uma louca, olhando
Dum barco prò brando
Silêncio do céu.

7-8-1914

Dentro em meu coração faz dor.
Não sei donde essa dor me vem.
Auréola de ópio de torpor
Em torno ao meu falso desdém,
E laivos híbridos de horror
Como estrelas que o céu não tem.

Dentro em mim cai silêncio em flocos.
Parou o cavaleiro à porta...
E o frio, e o gelo em brancos blocos
Mancha de hirto a noite morta...
Meus tédios desiguais, sufoco-os,
A minha alma jaz ela e absorta

Dentro em meu pensamento é mágoa...
Corre por mim um arrepio
Que é como o afluxo à tona de água
De se saber que há sob o rio
O que... Brilha na noite a frágua
Onde o tédio bate o ócio a frio.

19-6-1915

O meu tédio não dorme.
Cansado existe em mim
Como uma dor informe
Que não tem causa ou fim.

ALGA

24-7-1916

Paira na noite calma
O silêncio da brisa...
Acontece-me à alma
Qualquer cousa imprecisa...

Uma porta entreaberta...
Um sorriso em descrença...
Uma ânsia que não acerta
Com aquilo em que pensa.

Sonha, duvida, elevo-a
Até quem me suponho
E a sua voz de névoa
Roça pelo meu sonho...

SCHEHERAZAD

26-11-1916

O que eu penso não sei e é alegria
Pensá-lo; nada sou, salvo a harmonia
Interior entre existir e ouvir
A música cantar-te e dissuadir
Da vida e desta inútil atenção
Ao útil dada, morta sensação
Real, passada
E à minha mente inutilmente dada.

10-2-1917

O mundo rui a meu redor, escombro a escombro.
Os meus sentidos oscilam, bandeira rota ao vento.
Que sombra de que o sol enche de frio e de assombro
A estrada vazia do conseguimento?

Busca um porto longe uma nau desconhecida
E esse é todo o sentido da minha vida.

Por um mar azul nocturno, estrelado no fundo,
Segue a sua rota a nau exterior ao mundo.

Mas o sentido de tudo está fechado no pasmo
Que exala a chama negra que acende em meu entusiasmo

Súbitas confissões de outro que eu fui outrora
Antes da vida e viu Deus e eu não o sou agora.

L'HOMME

Não: toda a palavra é a mais. Sossega!
Deixa, da tua voz, só o silêncio anterior!
Como um mar vago a uma praia deserta, chega
   Ao meu coração a dor.

Que dor? Não sei. Quem sabe saber o que sente?
Nem um gesto. Sobreviva apenas ao que tem que morrer
O luar e a hora e o vago perfume indolente
   E as palavras por dizer.

5-3-1919 [?]

Porque vivo, quem sou, o que sou, quem me leva?
Que serei para a morte? Para a vida o que sou?
A morte no mundo é a treva na terra.
Nada posso. Choro, gemo, cerro os olhos e vou.
Cerca-me o mistério, a ilusão e a descrença
Da possibilidade de ser tudo real.
Ó meu pavor de ser, nada há que te vença!
A vida como a morte é o mesmo Mal!

14-9-1919

No alto da tua sombra, a prumo sobre
A inconstância irreal de vida e dias,
Achei-me só e vi que as agonias
Da vida, o tédio as finda e a morte as cobre.

Ali, no alto de ser, sentir é nobre,
Despido de ilusões e de ironias.
Não sinto as mãos unidas, que estão frias,
Não sei de mim, o que fui era pobre.

Mas mesmo nessa altura de mistério
E abismo de ascensão, não encontrei
Paragem, conclusão ou refrigério.

Deixei atrás o acaso de viver,
O ser sempre outrem, a escondida lei,
Caos de existirmos, névoa de o saber.

À NOITE

14-9-1919

O silêncio é teu gémeo no Infinito.
Quem te conhece, sabe não buscar.
Morte visível, vens dessedentar
O vago mundo, o mundo estreito e aflito.

Se os teus abismos constelados fito,
Não sei quem sou ou qual o fim a dar
A tanta dor, a tanta ânsia par
Do sonho, e a tanto incerto em que medito.

Que vislumbre escondido de melhores
Dias ou horas no teu campo cabe?
Véu nupcial do fim de fins e dores.

Nem sei a angústia que vens consolar-me.
Deixa que eu durma, deixa que eu acabe
E que a luz nunca venha dispertar-me!

VENDAVAL

12-10-1919

Ó vento do norte, tão fundo e tão frio,
Não achas, soprando por tanta solidão,
Deserto, penhasco, coval mais vazio
Que o meu coração!

Indómita praia, que a raiva do oceano
Faz louco lugar, caverna sem fim,
Não são tão deixados do alegre e do humano
Como a alma que há em mim!

Mas dura planície, praia atra em fereza,
Só têm a tristeza que a gente lhes vê;
E nisto que em mim é vácuo e tristeza
É o visto o que vê.

Ah, mágoa de ter consciência da vida!
Tu, vento do norte, teimoso, iracundo,
Que rasgas os robles — teu pulso divida
Minh'alma do mundo!

Ah, se como levas as folhas e a areia,
A alma que tenho pudesses levar —
Fosse pr'onde fosse, pra longe da ideia
De eu ter que pensar!

Abismo da noite, da chuva, do vento,
Mar torvo do caos que parece volver —

Porque é que não entras no meu pensamento
Para ele morrer?

Horror de ser sempre com vida a consciência!
Horror de sentir a alma sempre a pensar!
Arranca-me, ó vento; do chão da existência,
De ser um lugar!

E, pela alta noite que fazes mais'scura,
Pelo caos furioso que crias no mundo,
Dissolve em areia esta minha amargura,
Meu tédio profundo.

E contra as vidraças dos que há que têm lares,
Telhados daqueles que têm razão,
Atira, já pária desfeito dos ares,
O meu coração!

Meu coração triste, meu coração ermo,
Tornado a substância dispersa e negada
Do vento sem forma, da noite sem termo,
Do abismo e do nada!

16-2-1920

No limiar que não é meu
Sento-me e deixo o irreflectido olhar
Encher-se, sem eu ver, de campo e céu.
Se é tarde ou cedo, deixo de notar.
Nada me diz de si qualquer cousa que eu
Possa gozar.

Pelos campos sem fim
Sinto correr, porque na face o sinto,
Um vago vento, estranho todo a mim.
Não sei se penso, ou em que dor consinto
Que seja minha ou desespero sem ter fim,
Ou se minto.

Na inútil hora
Eu, mais inútil que ela, sem sentir
Fito com um olhar que já nem chora
A Dor ou desdém, dolo ou infiel sorrir,
O absurdo céu onde nenhuma cousa mora
Para eu fruir.

Apenas, vaga
Não uma esp'rança, mas uma saudade
Do tempo em que a esperança, como vaga,
Dava na praia da minha ansiedade,
Me toma e um surdo marulhar meu ser alaga
De vacuidade.

Mas acordo e com vão
Olhar ainda, mas já diferente,

Por 'star ausente dele o coração,
E eu outra vez, nem mesmo descontente,
Fito o céu calmo, o campo, a alegre solidão
Inconsciente.

Nada, só o dia —
Se é tarde ou cedo continuo a errar –,
Alheio a mim, a tudo dá a alegria
De não ter coração com que agitar
O corpo. E, quando vier a noite, tudo esfria
Mas sem chorar.

Isto e eu comigo
Posto no eterno aquém das cousas calmas
Que a vida externa mostra ao céu amigo —
Campos ao sol, vivas flores almas.
Isto só e não ter o coração abrigo
Nem sol as almas.

11-1-1922

Ó curva do horizonte, quem te passa,
Passa da vista, não de ser ou 'star.
Não chameis à alma, que da vida esvoaça,
Morta. Dizei: Sumiu-se além no mar.

Ó mar, sê símbolo da vida toda —
Incerto, o mesmo e mais que o nosso ver!
Finda a viagem da morte e a terra à roda.
Voltou a alma e a nau a aparecer.

2-9-1922

Lá fora a vida estua e tem dinheiro.
Eu, aqui, nulo e afastado, fico
O perpétuo estrangeiro
Que nem de sonhar já sou rico.

Não sou ninguém, o meu trabalho é nada
Neste enorme rolar da vida cheia,
Vivo uma vida que nem é regrada
Nem é destrambelhada e alheia.

E um século depois terá esquecido
Tudo quanto estuou e foi ruído
Nesta hora em que vivo. E os bisnetos
Dos opressores de hoje, desta louca luta
Saberão, mas vagamente, a data
— E claramente os meus sonetos.

31-8-1929

Nas grandes horas em que a insónia avulta
Como um novo universo doloroso,
E a mente é clara com um ser que insulta
O uso confuso com que o dia é ocioso,

Cismo, embebido em sombras de repouso
Onde habitam fantasmas e a alma é oculta,
Em quanto errei e quanto ou dor ou gozo
Me farão nada, como frase estulta.

Cismo, cheio de nada, e a noite é tudo.
Meu coração, que fala estando mudo,
Repete seu monótono torpor

Na sombra, no delírio da clareza,
E não há Deus, nem ser, nem Natureza
E a própria mágoa melhor fora dor.

7-7-1930

Dormi. Sonhei. No informe labirinto
Que há entre a vida e a morte me perdi.
E o que, na vaga viagem, eu senti
Com exacta memória não o sinto.

Se quero achar-me em mim dizendo-o, minto.
A vasta teia, estive-a e não a vi.
Obscuramente me desconcebi.

24-8-1930

Não sei quantas almas tenho.
Cada momento mudei.
Continuamente me estranho.
Nunca me vi nem achei.
De tanto ser, só tenho alma.
Quem tem alma não tem calma.
Quem vê é só o que vê,
Quem sente não é quem é,

Atento ao que sou e vejo,
Torno-me eles e não eu.
Cada meu sonho ou desejo
É do que nasce e não meu.
Sou minha própria paisagem,
Assisto à minha passagem,
Diverso, móbil e só,
Não sei sentir-me onde estou.

Por isso, alheio, vou lendo
Como páginas, meu ser.
O que segue não prevendo,
O que passou a esquecer.
Noto à margem do que li
O que julguei que senti.
Releio e digo: "Fui eu?"
Sabe-o Deus, porque o escreveu.

26-8-1930

Tenho pena e não respondo.
Mas não tenho culpa enfim
De que em mim não correspondo
Ao outro que amaste em mim.

Cada um é muita gente.
Para mim sou quem me penso,
Para outros — cada um sente
O que julga, e é um erro imenso.

Ah, deixem-me sossegar.
Não me sonhem nem me outrem.
Se eu não me quero encontrar,
Quererei que outros me encontrem?

26-8-1930

Passam na rua os cortejos
Das pessoas existentes.
Algumas vão ter ensejos,
Outras vão mudar de fato,
E outras são inteligentes.

Não conheço ali ninguém.
Nem a mim eu me conheço.
Olho-os sem nenhum desdém.
Também vou mudar de fato.
Também vivo e também esqueço.

Passam na rua comigo,
E eu e eles somos nós.
Todos temos um abrigo,
Todos mudamos de fato,
Ai, mas somos nus a sós.

18-10-1930

Passa entre as sombras de arvoredo
Um vago vento que parece
Que não passou, que passa a medo,
Ou que há porque desaparece.

O ouvido escuta o não-ouvir,
A alma, no ouvido debruçada,
Sente uma angústia a não sentir
E quer melhor ou pior que nada.

É como quando a alma não tem
Quem ame, quem 'spere ou quem sinta,
Quando considera um bem
O próprio mal, des que não minta,

E entre onde as sombras do arvoredo
Sequestram sons e brisas prendem,
Este não passar passa a medo
E certas folhas se desprendem.

Então porque há folhas que caem,
Volta a ilusão de haver o vento,
Mas elas, caindo hirtas, traem,
Que não há brisa no momento.

Oh, som sozinho dessa queda
Das folhas secas no ermo chão,
Oh, som de nunca usada seda
Apertada na inútil mão,

Com que terrível semelhança
A qualquer voz feita em bruxedo,
Lembrais a morte e a desesp'rança,
E o que não passa passa a medo.

19-1-1931

Na orla do vento movem
Seus corpos mortos as folhas.
E ora das árvores chovem,
Ora onde inertes não movem
A chuva do Outono molha-as.

Não há no meu pensamento
Vontade com que o pensar,
Não tenho neste momento
Nada no meu pensamento:
Sou como as folhas ao ar.

Mas elas certo não sentem
Esta mágoa inteira e funda
Que meus sentidos consentem.
Nada são e nada sentem
Da minha mágoa profunda.

19-1-1931

Cai amplo o frio e eu durmo na tardança
De adormecer.
Sou, sem lar, nem conforto, nem esperança,
Nem desejo de os ter.

E um choro por meu ser me inunda
A imaginação.
Saudade vaga, anónima, profunda,
Náusea da indecisão.

Frio do Inverno duro, não te tira
Agasalho ou amor.
Dentro em meus ossos teu tremor delira.
Cessa, seja eu quem for!

12-2-1931

No chão do céu o Sol que acaba arde.
Durmo. Haja a vida com ou sem alarde,
Será já tarde quando eu dispertar?
Mas que me importa que já seja tarde?

13-3-1931

Sonhei. Disperto. Um tédio doloroso
De ter sonhado, ou então de dispertar,
Me ocupa o espírito indeciso e ocioso.
Sou como o movimento do alto mar,
Que parece existir sem avançar.

Não me lembro qual foi o sonho ido,
Nem se portanto a sua ausência dói.
Grandes e vagas coisas hei dormido.
Sou como o alto mar quando o Sol foi:
Uma novela imensa sem herói.

Nem mesmo sei se o sonho deixa mágoas.
Que sei eu do que sou ou quero ter?
Sou como o alto mar da noite: as águas
No mesmo movimento a ter que ser,
Um som, um brilho escuro, arrefecer...

13-3-1931

Quando é que o cativeiro
Acabará em mim,
E, próprio dianteiro.
Avançarei enfim?

Quando é que me desato
Dos laços que me dei?
Quando serei um facto?
Quando é que me serei?

Quando, ao virar da esquina
De qualquer dia meu,
Me acharei alma digna
Da alma que Deus me deu?

Quando é que será quando?
Não sei. E até então
Viverei perguntando:
Perguntarei em vão.

17-3-1931

No fundo do pensamento
Tenho por sono um cantar,
Um cantar velado e lento,
Sem palavras a falar.

Se eu o pudesse tornar
Em palavras de dizer
Todos haviam de achar
O que ele está a esconder.

Todos haviam de ter
No fundo do pensamento
A novidade de haver
Um cantar velado e lento.

E cada um, desatento
Da vida que tem que achar,
Teria o contentamento
De ouvir esse meu cantar.

30-3-1931

Não tenho quinta nenhuma.
Se a quero ter pra sonhar,
Tenho que a extrair da bruma
Do meu mole meditar.

E então, desfazendo a névoa
Que há sempre dentro de nós,
Progressivamente elevo-a
Até uma quinta a sós.

Vejo os tanques, vejo as calhas
Por onde a água vai pequena,
Vejo os caminhos com falhas,
Vejo a eira erma e serena.

E, contente deste nada
Que em mim mesmo faço externo,
Gozo a frescura relvada
Da não-quinta em que me interno.

Vilegiatura impossível,
Dou-lhe nós para lembrar,
E esqueço-a ao primeiro nível
Do meu mole meditar.

18-4-1931

Guardo ainda, como um pasmo
Em que a infância sobrevive,
Metade do entusiasmo
Que tenho porque já tive.

Quase às vezes me envergonho
De crer tanto em que não creio.
É uma espécie de sonho
Com a realidade ao meio.

Girassol do falso agrado
Em torno do centro mudo
Fala, amarelo, pasmado
Do negro centro que é tudo.

1-5-1931

Se penso mais que um momento
Na vida que eis a passar,
Sou para o meu pensamento
Um cadáver a esperar.

Dentro em breve (poucos anos
É quanto vive quem vive),
Eu, anseios e enganos,
Eu, quanto tive ou não tive,

Deixarei de ser visível
Na terra onde dá o Sol,
E, ou desfeito e insensível,
Ou ébrio de outro arrebol,

Terei perdido, suponho,
O contacto quente e humano
Com a terra, com o sonho,
Com mês a mês e ano a ano.

Por mais que o Sol doire a face
Dos dias, o espaço mudo
Lembra-nos que isso é disfarce
E que é a noite que é tudo.

30-5-1931

Não digas que, sepulto, já não sente
O corpo, ou que a alma vive eternamente.
Que sabes tu do que não sabes? Bebe!
Só tens de certo o nada do presente.

Depois da noite, ergue-se do remoto
Oriente, com um ar de ser ignoto,
Frio, o crepúsculo da madrugada...
Do nada do meu sono ignaro broto.

Deixa aos que buscam o buscar, e a quem
Busca buscar julgar que busca bem.
Que temos nós com Deus e ele connosco?
Com qualquer coisa o que é que uma outra tem?

Sultão após sultão esta cidade
Passou, e hora após hora a vida, que há-de
Durar nela enquanto ela aqui durar,
Nem ao sultão ou a nós deu a verdade.

9-8-1931

Quando estou só reconheço
Se por momentos me esqueço
Que existo entre outros que são
Como eu sós, salvo que estão
Alheados desde o começo.

E se sinto quanto estou
Verdadeiramente só,
Sinto-me livre mas triste.
Vou livre para onde vou,
Mas onde vou nada existe.

Creio contudo que a vida
Devidamente entendida
É toda assim, toda assim.
Por isso passo por mim
Como por cousa esquecida.

4-10-1932

Quanto fui jaz. Quanto serei não sou.
No intervalo entre o que sou e estou,
A natureza, exterior, tem Sol.
Mas, se tem Sol, há Sol. Ao Sol me dou.

Não queiras, com submissa segurança,
Ter saudade de ter esperança.
Tem antes saudade de a não ter .
Sê anónimo, súbito e criança.

Nada 'speres, que nada salvo nada
Obtém que 'spera: é como quem à estrada
Lance olhos de esperar que alguém lhe chegue
Só porque a estrada é feita para andada.

Ninguém suporta o peso mau dos dias
Salvo por interpostas alegrias.
Bebe, que assim serás o intervalo
Entre o que criarás e o que não crias.

Quantas vezes o mesmo poente alheio
Sobre meu sonho, como um sonho, veio!
Quantas vezes o tive por augusto!
Tantas, tornado noite, perde o enleio.

Bebe. Se escutas, ouves só o ruído
Que ervas ou folhas trazem ao ouvido.
É do vento, que é nada. Assim é o mundo:
Um movimento regular de olvido.

20-1-1933

Olhando o mar, sonho sem ter de quê.
Nada no mar, salvo o ser mar, se vê.
Mas de se nada ver quanto a alma sonha!
De que me servem a verdade e a fé ?

Ver claro! Quantos, que fatais erramos,
Em ruas ou em estradas ou sob ramos,
Temos esta certeza e sempre e em tudo
Sonhamos e sonhamos e sonhamos.

As árvores longínquas da floresta
Parecem, por longínquas, 'star em festa.
Quanto acontece porque se não vê!
Mas do que há ou não há o mesmo resta.

Se tive amores? Já não sei se os tive.
Quem ontem fui já hoje em mim não vive.
Bebe, que tudo é líquido e embriaga,
E a vida morre enquanto o ser revive.

Colhes rosas ? Que colhes, se hão-de ser
Motivos coloridos de morrer?
Mas colhe rosas. Porque não colhê-las
Se te agrada e tudo é deixar de o haver?

10-2-1933

Quando, com razão ou sem,
Sobre o medo amplo da alma
A sombra da morte vem,
É que o espírito vê bem,
Com clareza mas sem calma,
Que sombra é a vida que passa,
Que mágoa é a vida que cessa,
E ama a vida mais.

24-2-1933

Tudo foi dito antes que se dissesse.
O vento aflora vagamente a messe,
E deixa-a porque breve se apagou.
Assim é tudo-nada. Bebe e esquece.

Na eterna sesta de não desejar
Deixa-te, bêbado e asceta, estar.
Lega o amor aos outros, que a beleza
Foi feita só para se contemplar.

13-3-1933

Na noite em que não durmo
Não dorme
O relógio também.
Pus na alma esvurmo.
É enorme
O que a treva contém.

Podridão da alma, moribundo
Do que me julguei ser,
Ouço o mundo.
É um vento surdo e fundo,
Que do abismo profundo
Vela o meu morrer.

Indiferente assisto
Ao cadaverizar
Do que sou.
Em que alma ou corpo existo?
Vou dormir ou dispertar?
Onde estou se não estou?

Nada. É na treva onde fala
O relógio fatal,
Uma grande, anónima sala,
Uma grande treva onde se cala,
Um grande bem que sabe a mal,
Uma vida que se desiguala,
Uma morte que não sabe a que é igual.

2-8-1933

I

Sim, farei...; e hora a hora passa o dia...
Farei, e dia a dia passa o mês...
E eu, cheio sempre só do que faria,
Vejo que o que faria se não fez,
De mim, mesmo em inútil nostalgia.

Farei, farei... Anos os meses são
Quando são muitos-anos, toda a vida,
Tudo... E sempre a mesma sensação
Que qualquer cousa há-de ser conseguida,
E sempre quieto o pé e inerte a mão...

Farei, farei, farei... Sim, qualquer hora
Talvez me traga o esforço e a vitória,
Mas será só se mos trouxer de fora.
Quis tudo — a paz, a ilusão, a glória...
Que obscuro absurdo na minha alma chora?

II

Farei talvez um dia um poema meu,
Não qualquer cousa que, se eu a analiso,
É só a teia que se em mim teceu
De tanto alheio e anónimo improviso
Que ou a mim ou a eles esqueceu...

Um poema próprio, em que me vá o ser,
Em que eu diga o que sinto e o que sou,
Sem pensar, sem fingir e sem querer,
Como um lugar exacto, o onde estou,
E onde me possam, como sou, me ver.

Ah, mas quem pode ser quem é? Quem sabe
Ter a alma que tem? Quem é quem é?
Sombras de nós, só reflectir nos cabe.
Mas reflectir, ramos irreais, o quê?
Talvez só o vento que nos fecha e abre.

III

Sossega, coração! Não desesperes!
Talvez um dia, para além dos dias,
Encontres o que queres porque o queres.
Então, livre de falsas nostalgias,
Atingirás a perfeição de seres.

Mas pobre sonho o que só quer não tê-lo!
Pobre esperança a de existir somente!
Como quem passa a mão pelo cabelo
E em si mesmo se sente diferente,
Como faz mal ao sonho o concebê-lo!

Sossega, coração, contudo! Dorme!
O sossego não quer razão nem causa.
Quer só a noite plácida e enorme,
A grande, universal, solene pausa
Antes que tudo em tudo se transforme.

13-8-1933

Todas as cousas que há neste mundo
Têm uma história,
Excepto estas rãs que coaxam no fundo
Da minha memória.

Qualquer lugar neste mundo tem
Um onde estar,
Salvo este charco de onde me vem
Esse coaxar.

Ergue-se em mim uma lua falsa
Sobre juncais,
E o charco emerge, que o luar realça
Menos e mais.

Onde, em que vida, de que maneira
Fui o que lembro
Por este coaxar das rãs na esteira
Do que deslembro?

Nada. Um silêncio entre juncos dorme.
Coaxam ao fim
De uma alma antiga que tenho enorme
As rãs sem mim.

5-9-1933

De além das montanhas,
De além do luar,
Vêm formas estranhas.
São gémeas do vento,
São só pensamento.
Mudam as entranhas
De as ouvir passar.

Cavalgada rindo
Seu curso do além,
Vem vindo, vem vindo,
E tremem janelas,
Velam-se as estrelas,
E os ramos, rugindo,
Falam como alguém.

Mas, súbito, aragem
Que perdeu o som,
Cessou a passagem
Do que tirou calma
Aos ramos e à alma.
Só se ouve a folhagem
Num sussurro bom.

E, abrindo a janela,
Contemplo, a mal ver,
Ao luar uma estrela
Tão vaga, tão vaga,
Que quase se apaga
Quem sabe se ela
Vai também levada,
Qual tanta faltada,
Nessa cavalgada
Que passou sem ser?

15-9-1933

A lavadeira no tanque
Bate roupa em pedra bem.
Canta porque canta e é triste
Porque canta porque existe;
Por isso é alegre também.

Ora se eu alguma vez
Pudesse fazer nos versos
O que a essa roupa ela fez,
Eu perderia talvez
Os meus destinos diversos.

Há uma grande unidade
Em, sem pensar nem razão,
E até cantando a metade,
Bater roupa em realidade...
Quem me lava o coração?

15-9-1933

Talhei, artífice de um morto rito,
Na esmeralda de haver um mundo feito
Um brasão circunscrito
No anel em que é perfeito.

Fiz dele o símbolo de um prazer morto?
De um sonho por haver?
Não sei: a nau do sonho não tem porto
E é inútil querer.

Se isto não tem sentido, as rãs coaxam
O sentido que tem.
Vou ver se acho nos charcos onde as acham
Se afinal sou alguém.

15-9-1933

Há em tudo que fazemos
Uma razão singular:
Não é o que nós queremos.
Faz-se porque nós vivemos,
E viver é não pensar.

Se alguém pensasse na vida,
Morria de pensamento.
Por isso a vida vivida
É essa coisa esquecida
Entre um momento e um momento.

Mas nada importa que o seja
Ou que até deixe de o ser:
Mal é que a moral nos reja,
Bom é que ninguém nos veja;
Entre isso fica viver.

19-9-1933

Meu coração tardou. Meu coração
Talvez se houvesse amor nunca tardasse;
Mas, visto que, se o houve, o houve em vão,
Tanto faz que o amor houvesse ou não.
Tardou. Antes, de inútil, acabasse.

Meu coração postiço e contrafeito
Finge-se meu. Se o amor o houvesse tido,
Talvez, num rasgo natural de eleito,
Seu próprio ser do nada houvesse feito,
E a sua própria essência conseguido.

Mas não. Nunca nem eu nem coração
Fomos mais que um vestígio de passagem
Entre um anseio vão e um sonho vão.
Parceiros em prestidigitação,
Caímos ambos pelo alçapão,
Foi esta a nossa vida e a nossa viagem.

19-9-1933

A miséria do meu ser,
Do ser que tenho a viver,
Tornou-se uma coisa vista.
Sou nesta vida um qualquer
Que roda fora da pista.

Ninguém conhece quem sou
Nem eu mesmo me conheço
E, se me conheço, esqueço,
Porque não vivo onde estou.
Rodo, e o meu rodar apresso.

É uma carreira invisível,
Salvo onde caio e sou visto,
Porque cair é sensível
Pelo ruído imprevisto...
Sou assim. Mas isto é crível?

19-9-1933

Vão na onda militar
Os soldados a marchar
Com a banda a lhes tocar
O como têm que andar...

Vou na onda que é a vida
Com uma banda escondida
A tocar como hei-de estar
Entre essa marcha perdida.

Vou e durmo o meu caminho,
Como, no som do moinho,
Dorme o moleiro sozinho.
Durmo, mas sinto-me andar.

22-9-1933

I

A criança que fui chora na estrada.
Deixei-a ali quando vim ser quem sou;
Mas hoje, vendo que o que sou é nada,
Quero ir buscar quem fui onde ficou.

Ah, como hei-de encontrá-lo? Quem errou
A vinda tem a regressão errada.
Já não sei de onde vim nem onde estou.
De o não saber, minha alma está parada.

Se ao menos atingir neste lugar
Um alto monte, de onde possa enfim
O que esqueci, olhando-o, relembrar,

Na ausência, ao menos, saberei de mim,
E, ao ver-me tal qual fui ao longe, achar
Em mim um pouco de quando era assim.

II

Dia a dia mudamos para quem
Amanhã não veremos. Hora a hora
Nosso diverso e sucessivo alguém
Desce uma vasta escadaria agora.

É uma multidão que desce, sem
Que um saiba de outros. Vejo-os meus e fora.

Ah, que horrorosa semelhança têm!
São um múltiplo mesmo que se ignora.

Olho-os. Nenhum sou eu, a todos sendo.
E a multidão engrossa, alheia a ver-me,
Sem que eu perceba de onde vai crescendo.

Sinto-os a todos dentro em mim mover-me,
E, inúmero, prolixo, vou descendo
Até passar por todos e perder-me.

III

Meu Deus! Meu Deus! Quem sou, que desconheço
O que sinto que sou ? Quem quero ser
Mora, distante, onde meu ser esqueço,
Parte, remoto, para me não ter.

23-9-1933

(dream)

Qualquer coisa de obscuro permanece
No centro do meu ser. Se me conheço,
É até onde, por fim mal, tropeço
No que de mim em mim de si se esquece.

Aranha absurda que uma teia tece
Feita de solidão e de começo
Fruste, meu ser anónimo confesso
Próprio e em mim mesmo a externa treva desce.

Mas, vinda dos vestígios da distância
Ninguém trouxe ao meu pálio por ter gente
Sob ele, um rasgo de saudade ou ânsia.

Remiu-se o pecador impenitente
À sombra e cisma. Teve a eterna infância,
Em que comigo forma um mesmo ente.

23-9-1933

Sonhei, confuso, e o sono foi disperso,
Mas, quando dispertei da confusão,
Vi que esta vida aqui e este universo
Não são mais claros do que os sonhos são.

Obscura luz paira onde estou converso
A esta realidade da ilusão.
Se fecho os olhos, sou de novo imerso
Naquelas sombras que há na escuridão.

Escuro, escuro, tudo, em sonho ou vida,
É a mesma mistura de entre-seres
Ou na noite, ou ao dia transferida.

Nada é real, nada em seus vãos moveres
Pertence a uma forma definida,
Rastro visto de coisa só ouvida.

28-9-1933

Se acaso, alheado até do que sonhei,
Me encontro neste mundo a sós comigo,
E, fiel ao que eu mesmo desprezei,
Meus passos falsos verdadeiros sigo,

Disperta em mim, contrário ao que esperei
Desta espécie de fuga, ou só abrigo,
Não o ajustar-me com a externa lei,
Mas o essa lei tomar como castigo.

Então, liberto já pela esperança
Deste mundo de formas e mudança,
Um pouco atinjo pela dor e a fé

Outro mundo, em que sonho e vida são
Num nada nulo, igual em escuridão,
E ao fim de tudo surge o Sol do que é.

2-10-1933

Durmo ou não? Passam juntas em minha alma
Coisas da alma e da vida em confusão,
Nesta mistura atribulada e calma
Em que não sei se durmo ou não.

Sou dois seres e duas consciências
Como dois homens indo braço-dado.
Sonolento revolvo omnisciências,
Turbulentamente estagnado.

Mas, lento, vago, emerjo de meu dois.
Disperto. Enfim: sou um, na realidade.
Espreguiço-me. Estou bem...Porquê depois,
De quê, esta vaga saudade?

19-11-1933

Onde o sossego dorme
Como se fosse alguém
E à noite negra e enorme
Nem luar nem dia vem.

Ali, quieto, absorto
Em nada já saber,
Quero, quando for morto,
Consciente esquecer...

Deixada a vida incerta,
Perdido o gozo e a dor,
Sob essa noite aberta
Sonhar sem o supor...

Até que ao fim de uma era
Que o tempo não contou
O que eu não reavera
Se mude no que eu sou.

30-11-1933

Servo sem dor de um desolado intuito,
De nada creias ou descreias muito.
O mesmo faz que penses ou não penses.
Tudo é irreal, anónimo e fortuito.

Não sejas curioso do amplo mundo.
Ele é menos extenso do que fundo.
E o que não sabes nem saberás nunca
É isso o mais real e o mais profundo.

Troca por vinho o amor que não terás.
O que 'speras, perene o 'sperarás.
O que bebes, tu bebes. Olha as rosas.
Morto, que rosas é que cheirarás?

Vendo o tumulto inconsciente em que anda
A humanidade de uma a outra banda,
Não te nasce a vontade de dormir?
Não te cresce o desprezo de quem manda?

Duas vezes no ano, diz quem sabe,
Em Nishapor, onde me o mundo cabe,
Florem as rosas. Sobre mim sepulto
Essa dupla anuidade não acabe!

Traze o vinho, que o vinho, dizem, é
O que alegra a alma e o que, em perfeita fé,
Traz o sangue de um Deus ao corpo e à alma.
Mas, seja como for, bebe e não sê.

Com seus cavalos imperiais calcando
Os campos que o labor 'steve lavrando,
Passa o César de aqui. Mais tarde, morto,
Renasce a erva, nos campos alastrando.

Goza o Sultão de amor em quantidade.
Goza o Vizir amor em qualidade.
Não gozo amor nenhum. Tragam-me vinho
E gozo de ser nada em liberdade.

3-4-1934

Bóiam farrapos de sombra
Em torno ao que não sei ser.
É todo um céu que se escombra
Sem me o deixar entrever.

O mistério das alturas
Desfaz-se em ritmos sem forma
Nas desregradas negruras
Com que o ar se treva torna.

Mas em tudo isto, que faz
O universo um ser desfeito,
Guardei, como a minha paz,
A 'sp'rança, que a dor me traz,
Apertada contra o peito.

22-4-1934

Tudo que sou não é mais do que abismo
Em que uma vaga luz
Com que sei que sou eu, e nisto cismo,
Obscura me conduz.

Um intervalo entre não-ser e ser
Feito de eu ter lugar
Como o pó, que se vê o vento erguer,
Vive de ele o mostrar.

26-4-1934

Sangra-me o coração. Tudo que penso
A emoção mo tomou. Sofro esta mágoa
Que é o mundo imoral, regrado e imenso.
No qual o bem é só como um incenso
Que cerca a vida, como a terra a água.

Todos os dias, oiça ou veja, são
Misérias, males, injustiças — quanto
Pode afligir o estéril coração.
E todo anseio pelo bem é vão,
E a vontade tão vã como é o pranto

Que Deus duplo nos pôs na alma sensível
Ao mesmo tempo os dons de conhecer
Que o mal é a lei, o natural possível.
E de querer o bem, inútil nível,
Que nunca assenta regular no ser?

Com que fria esquadria e vão compasso
Que invisível Geómetra regrou
As marés deste mar de mau sargaço —
O mundo fluido, com seu tempo e spaço,
Que ele mesmo não sabe quem criou?

Mas, seja como for, nesta descida
De Deus ao ser, o mal teve alma e azo;
E o Bem, justiça espiritual da vida,
É perdida palavra, substituída
Por bens obscuros, fórmulas do acaso.

Que plano extinto, antes de conseguido,
Ficou só mundo, norma e desmazelo?
Mundo imperfeito, porque foi erguido?
Como acabá-lo, templo inconcluído,
Se nos falta o segredo com que erguê-lo?

O mundo é Deus que é morto, e a alma aquele
Que, esse Deus exumado, reflectiu
A morte e a exumação que houveram dele.
Mas 'stá perdido o selo com que sele
Seu pacto com o vivo que caiu.

Por isso, em sombra e natural desgraça,
Tem que buscar aquilo que perdeu —
Não ela, mas a morte que a repassa,
E vem achar no Verbo a fé e a graça —
A nova vida do que já morreu.

Porque o Verbo é quem Deus era primeiro,
Antes que a morte, que o tornou o mundo,
Corrompesse de mal o mundo inteiro:
E assim no Verbo, que é o Deus terceiro,
A alma volve ao Bem que é o seu fundo.

9-5-1934

Tudo que sinto, tudo quanto penso,
Sem que eu o queira se me converteu
Numa vasta planície, um vago extenso
Onde há só nada sob o nulo céu.

Não existo senão para saber
Que não existo, e, como a recordar,
Vejo boiar a inércia do meu ser
No meu ser sem inércia, inútil mar.

Sargaço fluido de uma hora incerta,
Quem me dará que o tenha por visão?
Nada, nem o que tolda a descoberta
Com o saber que existe o coração.

16-6-1934

Quem me amarrou a ser eu
Fez-me uma grande partida.
Debaixo deste amplo céu,
Não tenho vinda nem ida.
Sou apenas um ser meu.

Nem isso... Anda tudo à volta
A retirar-me de mim.
Parece uma fera à solta
Este mundo que anda assim
A servir-me de má escolta.

Quando encontrar a verdade
Hei-de ver se hei-de fugir,
Pelo menos em metade.
Depois ficarei a rir
Da minha tranquilidade.

6-7-1934

Já me não pesa tanto o vir da morte.
Sei já que é nada, que é ficção e sonho,
E que, na roda universal da Sorte,
Não sou aquilo que me aqui suponho.

Sei que há mais mundos que este pouco mundo
Onde parece a nós haver morrer —
Dura terra e fragosa, que há no fundo
Do oceano imenso de viver.

Sei que a morte, que é tudo, não é nada,
E que, de morte em morte, a alma que há
Não cai num poço: vai por uma estrada.
Em Sua hora e a nossa, Deus dirá.

21-8-1934

As coisas que errei na vida
São as que acharei na morte,
Porque a vida é dividida
Entre quem sou e a sorte.

As coisas que a Sorte deu
Levou-as ela consigo,
Mas as coisas que sou eu
Guardei-as todas comigo.

E por isso os erros meus,
Sendo a má sorte que tive,
Terei que os buscar nos céus
Quando a morte tire os véus
À inconsciência em que estive.

21-8-1934

Quero dormir. Não sei se quero a morte,
Nem sei o que ela é.
O que quero é não ser submisso à sorte,
Seja ela lei ou fé.

Quero poder nos campos prolongados
Meu ser abandonar
Aos seus verdes silêncios afastados,
Que amo só de os olhar.

Quero poder imaginar a vida
Como ela nunca foi,
E assim vivê-la, vívida e perdida,
Num sonho que nem dói.

Quero poder mudar o universo
De um para outro lado,
Como quem junta o seu viver disperso
E o ata com o fado.

Quero, por fim, ser coroado rei
Do nada a que enfim vou.
Será minha coroa o que serei,
E o ceptro o que sou.

5-9-1934

Se alguém bater um dia à tua porta,
Dizendo que é um emissário meu,
Não acredites, nem que seja eu;
Que o meu vaidoso orgulho não comporta
Bater sequer à porta irreal do céu.

Mas se, naturalmente, e sem ouvir
Alguém bater, fores a porta abrir
E encontrares alguém como que à espera
De ousar bater, medita um pouco. Esse era
Meu emissário e eu e o que comporta
O meu orgulho que já desespera.
Abre a quem não bater à tua porta!

5-9-1934

Sim, vem um canto na noite.
Não lhe conheço a intenção,
Não sei que palavras são.

É um canto desligado
De tudo que o canto tem.
É algum canto de alguém.

Vem na noite independente
Do que diz bem ou mal.
Vem absurdo e natural.

Já não me lembro que penso.
Ouço; é um canto a pairar
Como o vento sobre o mar.

5-9-1934

Tudo que amei, se é que o amei, ignoro,
E é como a infância de outro. Já não sei
Se o choro, se suponho só que o choro,
Se o choro por supor que o chorarei.

Das lágrimas sei eu...Essas são quentes
Nos olhos cheios de um olhar perdido...
Mas nisso tudo são-me indiferentes
As causas vagas deste mal sentido.

E choro, choro, na sinceridade
De quem chora sentindo-se chorar.
Mas se choro a mentir ou a verdade,
Continuarei, chorando, a ignorar.

6-9-1934

Tudo, menos o tédio, me faz tédio.
Quero, sem ter sossego, sossegar.
Tomar a vida todos os dias
Como um remédio,
Desses remédios que há para tomar.

Tanto aspirei, tanto sonhei, que tanto
De tantos tantos me fez nada em mim.
Minhas mãos ficaram frias
Só de aguardar o encanto
Daquele amor que as aquecesse enfim

Frias, vazias,
Assim.

10-9-1934

A nuvem veio e o sol passou.
Foi vento ou ocasião que a trouxe?
Não sei: a luz se nos velou
Como se luz a sombra fosse.

Às vezes, quando a vida passa
Por sobre a alma que é ninguém,
A sensação torna-se baça
E pensar é não sentir bem.

Sim, é como isto: pelo céu
Vai uma nuvem destroçada
Que é véu, mau véu, ou quase véu,
E, como tudo, não é nada.

10-9-1934

Divido o que conheço.
De um lado é o que sou
Do outro quanto esqueço.
Por entre os dois eu vou.

Não sou nem quem me lembro
Nem sou quem há em mim.
Se penso me desmembro.
Se creio, não há fim.

Que melhor que isto tudo
É ouvir, na ramagem
Aquele ar certo e mudo
Que estremece a folhagem.

13-9-1934

Deslembro incertamente. Meu passado
Não sei quem o viveu. Se eu mesmo fui,
Está confusamente deslembrado
E logo em mim enclausurado flui.
Não sei quem fui nem sou. Ignoro tudo.
Só há de meu o que me vê agora —
O campo verde, natural e mudo
Que um vento que não vejo vago aflora.
Sou tão parado em mim que nem o sinto.
Vejo, e onde vale se ergue para a encosta
Vai meu olhar seguindo o meu instinto
Como quem olha a mesa que está posta.

13-9-1934

Se há arte ou ciência para ler a sina
A que em nós o Destino faz de nós,
Dá-me que eu a não saiba e que, indivina,
Me corra a vida vagamente e a sós.

Que quero eu do futuro que não tenho?
Que me pesa hoje, ou alegra, o que serei?
Sei, por lembrar, de que passado venho,
E, onde hoje estou, incertamente sei.

O mais, o que o futuro me dará,
Deixo a quem dê e à forma como o der.
Basta a sombra que esta árvore me dá
E a sensação de nada mais querer.

15-9-1934

Bem sei que estou endoidecendo.
Bem sei que falha em mim quem sou.
Sim, mas, enquanto me não rendo,
Quero saber por onde vou.

Inda que vá para render-me
Ao que o Destino me faz ser,
Quero, um momento, aqui deter-me
E descansar a conhecer.

Há grandes lapsos de memória
Grandes paralelas perdidas,
E muita lenda e muita história
E muitas vidas, muitas vidas.

Tudo isso; agora me perco
De mim e vou a transviar,
Quero chamar a mim, e cerco
Meu ser de tudo relembrar.

Porque, se vou ser louco, quero
Ser louco com moral e siso.
Vou tanger lira como Nero.
Mas o incêndio não é preciso.

20-9-1934

Bem sei que há ilhas lá ao sul de tudo
Onde há paisagens que não pode haver.
Tão belas que são como que o veludo
Do tecido que o mundo pode ser.

Bem sei. Vegetações olhando o mar,
Coral, encostas, tudo o que é a vida
Tornado amor e luz, o que o sonhar
Dá à imaginação anoitecida.

Bem sei. Vejo isso tudo. O mesmo vento
Que ali agita os ramos em torpor
Passa de leve por meu pensamento
E o pensamento julga que é amor.

Sei, sim, é belo, é luz, é impossível,
Existe, dorme, tem a cor e o fim,
E, ainda que não haja, é tão visível
Que é uma parte natural de mim.

Sei tudo, sim, sei tudo. E sei também
Que não é lá que há isso que lá está
Sei qual é a luz que essa paisagem tem
E qual o mar por que se vai para lá.

9-10-1934

Bem sei que todas as mágoas
São como as mágoas que são
Parecidas com as águas
Que continuamente vão...

Quero, pois, ter guardada
Uma tristeza de mim
Que não possa ser levada
Por essas águas sem fim.

Quero uma tristeza minha
Uma mágoa que me seja
Uma espécie de rainha
Cujo trono se não veja.

7-1-1935

Não quero rosas, desde que haja rosas.
Quero-as só quando não as possa haver.
Que hei-de fazer das coisas
Que qualquer mão pode colher?

Não quero a noite senão quando a aurora
A fez em ouro e azul se diluir.
O que a minha alma ignora
É isso que quero possuir.

Para quê?... Se o soubesse, não faria
Versos para dizer que inda o não sei.
Tenho a alma pobre e fria...
Ah, com que esmola a aquecerei?...

5-3-1935

Sim, está tudo certo.
Está tudo perfeitamente certo.
O pior é que está tudo errado.
Bem sei que esta casa é pintada de cinzento
Bem sei qual é o nome desta casa —
Não sei, mas poderei saber, como está avaliada,
Nessas oficinas de impostos que existem, que
Bem sei, bem sei.
Mas o pior é que há almas aí dentro
E a Tesouraria das Finanças não conseguiu livrar
A vizinha do lado de lhe morrer o filho.
A Repartição de não sei quê não pôde evitar
Que o marido da vizinha do andar mais acima lhe fugisse
          com a cunhada...
Mas, está claro, está tudo certo...
E, excepto estar errado, é assim mesmo, está certo...

ELEGIA NA SOMBRA

2-6-1935

Lenta, a raça esmorece, e a alegria
É como uma memória de outrem. Passa
Um vento frio na nossa nostalgia
E a nostalgia touca a desgraça.

Pesa em nós o passado e o futuro.
Dorme em nós o presente. E a sonhar
A alma encontra sempre o mesmo muro,
E encontra o mesmo muro ao dispertar.

Quem nos roubou a alma? Que bruxedo
De que magia incógnita e suprema
Nos enche as almas de dolência e medo
Nesta hora inútil, apagada e extrema?

Os heróis resplendecem a distância
Num passado impossível de se ver
Com os olhos da fé ou os da ânsia;
Lembramos névoas, sonhos a esquecer.

Que crime outrora feito, que pecado
Nos impôs esta estéril provação
Que é indistintamente nosso fado
Como o sentimos bem no coração?

Que vitória maligna conseguimos —
Em que guerras, com que armas, com que armada? —

Que assim o seu castigo irreal sentimos
Colado aos ossos desta carne errada?

Terra tão linda com heróis tão grandes,
Bom Sol universal localizado
Pelo melhor calor que aqui expandes,
Calor suave e azul só a nós dado.

Tanta beleza dada e glória ida!
Tanta esperança que, depois da glória,
Só conhecem que é fácil a descida
Das encostas anónimas da história!

Tanto, tanto! Que é feito de quem foi?
Ninguém volta? Do mundo subterrâneo.
Onde a sombria luz por nula dói,
Pesando sobre onde já esteve o crânio,

Não restitui Plutão o céu
Um herói ou o ânimo que o faz,
Como Eurídice dada à dor de Orfeu;
Ou restituiu e olhámos para trás?

Nada. Nem fé nem lei, nem mar nem porto.
Só a prolixa estagnação das mágoas,
Como nas tardes baças, no mar morto,
A dolorosa solidão das águas.

Povo sem nexo, raça sem suporte,
Que, agitada, indecisa, nem repare
Em que é raça e que aguarda a própria morte
Como a um comboio expresso que aqui pare.

Torvelinho de doidos, descrença
Da própria consciência de se a ter,
Nada há em nós que, firme e crente, vença
Nossa impossibilidade de querer.

Plagiários da sombra e do abandono,
Registramos, quietos e vazios,
Os sonhos que há antes que venha o sono
E o sono inútil que nos deixa frios.

Oh, que há-de ser de nós? Raça que foi
Como que um novo sol ocidental
Que houve por tipo o aventureiro e o herói
E outrora teve nome Portugal...

(Fala mais baixo! Deixa a tarde ser
Ao menos uma extrema quietação
Que por ser fim faça menos doer
Nosso descompassado coração.

Fala mais baixo! Somos sem remédio,
Salvo se do ermo abismo onde Deus dorme
Nos venha dispertar do nosso tédio
Qualquer obscuro sentimento informe.

Silêncio quase? Nada dizes! Calas
A esperança vazia em que te acho,
Pátria. Que doença de teu ser se exala?
Tu nem sabes dormir. Fala mais baixo!)

Ó incerta manhã de nevoeiro
Em que o rei morto vivo tornará

Ao povo ignóbil e o fará inteiro —
És qualquer coisa que Deus quer ou dá?

Quando é a tua Hora e o teu Exemplo?
Quando é que vens, do fundo do que é dado,
Cumprir teu rito, reabrir teu Templo
Vendando os olhos lúcidos do Fado?

Quando é que soa, no deserto de alma
Que Portugal é hoje, sem sentir,
Tua voz, como um balouço de palma
Ao pé do oásis de que possa vir?

Quando é que esta tristeza desconforme
Verá, desfeita a tua cerração,
Surgir um vulto, no nevoeiro informe,
Que nos faça sentir o coração?

Quando? Estagnamos. A melancolia
Das horas sucessivas que a alma tem
Enche de tédio a noite e chega o dia
E o tédio aumenta porque o dia vem.

Pátria, quem te feriu e envenenou?
Quem, com suave e maligno fingimento
Teu coração suposto sossegou
Com abundante e inútil alimento?

Quem faz que durmas mais do que dormias?
Que faz que jazas mais que até aqui?
Aperto as tuas mãos: como estão frias!
Mão do meu ser que tu amas, que é de ti?

Vives, sim, vives porque não morreste...
Mas a vida que vives é um sono
Em que indistintamente o teu ser veste
Todos os sambenitos do abandono.

Dorme, ao menos de vez. O Desejado
Talvez não seja mais que um sonho louco
De quem, por muito ter, Pátria, amado,
Acha que todo o amor por ti é pouco.

Dorme, que eu durmo, só de te saber
Presa da inquietação que não tem nome
E nem revolta ou ânsia sabes ter
Nem da esperança sentes sede ou fome.

Dorme, e a teus pés teus filhos, nós que o somos,
Colheremos, inúteis e cansados
O agasalho do amor que ainda pomos
Em ter teus pés gloriosos por amados.

Dorme, mãe Pátria, nula e postergada,
E, se um sonho de esperança te surgir,
Não creias nele, porque tudo é nada,
E nunca vem aquilo que há-de vir.

Dorme, que a tarde é finda e a noite vem.
Dorme que as pálpebras do mundo incerto
Baixam solenes, com a dor que têm,
Sobre o mortiço olhar inda disperto.

Dorme, que tudo cessa, e tu com tudo,
Quererias viver eternamente,
Ficção eterna ante este espaço mudo
Que é um vácuo azul? Dorme, que nada sente

Nem paira mais no ar, que fora almo
Se não fora a nossa alma erma e vazia,
Que o nosso fado, vento frio e calmo
E a tarde de nós mesmos, baça e fria

Como longínquo sopro altivo e humano
Essa tarde monótona e serena
Em que, ao morrer o imperador romano
Disse: Fui tudo, nada vale a pena.

12-6-1935

O meu sentimento é cinza
Da minha imaginação,
E eu deixo cair a cinza
No cinzeiro da Razão

20-7-1935

Já estou tranquilo. Já não espero nada.
Já sobre meu vazio coração
Desceu a inconsciência abençoada
De nem querer uma ilusão.

2-9-1935

Desce a névoa da montanha,
Desce ou nasce ou não sei quê...
Minha alma é a tudo estranha,
Quando vê, vê que não vê.
Mais vale a névoa que a vida...
Desce, ou sobe: enfim, existe.
E eu não sei em que consiste
Ter a emoção por vivida,
E, sem querer, estou triste.

2-9-1935

Já não me importo
Até com o que amo ou creio amar.
Sou um navio que chegou a um porto
E cujo movimento é ali estar.

Nada me resta
Do que quis ou achei.
Cheguei da festa
Como fui para lá ou ainda irei

Indiferente
A quem sou ou suponho que mal sou,

Fito a gente
Que me rodeia e sempre rodeou,

Com um olhar
Que, sem o poder ver,
Sei que é sem ar
De olhar a valer.

E só me não cansa
O que a brisa me traz
De súbita mudança
No que nada me faz.

17-9-1935

O véu das lágrimas não cega.
Vejo, a chorar,
O que essa música me entrega —
A mãe que eu tinha, o antigo lar,
A criança que fui,
O horror do tempo, porque flui,
O horror da vida, porque é só matar!
Vejo e adormeço,
Num torpor em que me esqueço
Que existo inda neste mundo que há...
Estou vendo minha mãe tocar.
E essas mãos brancas e pequenas,
Cuja carícia nunca mais me afagará —,

Tocam ao piano, cuidadosas e serenas,
(Meu Deus!)
Un soir à Lima.

Ah, vejo tudo claro!
Estou outra vez ali.
Afasto do luar externo e raro
Os olhos com que o vi.

Mas quê? Divago e a música acabou...
Divago como sempre divaguei
Sem ter na alma certeza de quem sou,
Nem verdadeira fé ou firme lei

Divago, crio eternidades minhas
Num ópio de memória e de abandono.

Entronizo fantásticas rainhas
Sem para elas ter o trono.

Sonho porque me banho
No rio irreal da música evocada.
Minha alma é uma criança esfarrapada
Que dorme num recanto obscuro.
De meu só tenho,
Na realidade certa e acordada,
Os trapos da minha alma abandonada,
E a cabeça que sonha ao pé do muro.

Mas, mãe, não haverá
Um Deus que me não torne tudo vão,
Um outro mundo em que isso agora está?
Divago ainda: tudo é ilusão.
Un soir à Lima

Quebra-te, coração...

3-10-1935 a. m.

Ouvi os sábios todos discutir,
Podia a todos refutar a rir.
Mas preferi, bebendo na ampla sombra,
Indefinidamente só ouvir.

Manda quem manda porque manda, nem
Importa que mal mande ou mande bem.
Todos são grandes quando a hora é sua.
Por baixo cada um é o mesmo alguém.

Não invejo a pompa, e ao poder,
Visto que pode, sem razão nem ser.
Obedece, que a vida dura pouco
Nem há por isso muito que sofrer.

s.d.

Ah, como o sono é a verdade, e a única
Hora suave é a de adormecer!
Amor ideal, tens chagas sob a túnica.
'Sperança, és a ilusão a apodrecer.

Os deuses vão-se como forasteiros.
Como uma feira acaba a tradição.
Somos todos palhaços estrangeiros.
A nossa vida é palco e confusão.

Ah, dormir tudo! Pôr um sono à roda
Do esforço inútil e da sorte incerta!
Que a morte virtual da vida toda
Seja, sons, a janela que, entreaberta,

Só um crepúsculo do mundo deixe
Chegar à sonolência que se sente;
E a alma se desfaça como um peixe
Atado pelos dedos de um demente...

s.d.

Aquilo que a gente lembra
Sem o querer lembrar,
E inerte se desmembra
Como um fumo no ar,
É a musica que a alma tem,
É o perfume que vem,
Vago, inútil, trazido
Por uma brisa de agrado,
Do fundo do que é esquecido,
Dos jardins do passado

Aquilo que a gente sonha
Sem saber de sonhar,
Aquela boca risonha
Que nunca nos quis beijar,
Aquela vaga ironia

Que uns olhos tiveram um dia
Para a nossa emoção —
Tudo isso nos dá o agrado,
Do aroma que as flores são
Nos jardins do passado

Não sei o que fiz da vida,
Nem o quero saber.
Se a tenho por perdida,
Sei eu o que é perder?
Mas tudo é música se há

Alma onde a alma está,
E há um vago, suave, sono,
Um sonho morno de agrado,
Quando regresso, dono,
Aos jardins do passado.

s.d.

Sou o Espírito da treva,
A Noite me traz e leva;

Moro à beira irreal da Vida,
Sua onda indefinida

Refresca-me a alma de espuma...
Pra além do mar há a bruma...

E pra aquém? há Cousa ou Fim?
Nunca olhei para trás de mim...

s.d.

Um cansaço feliz, uma tristeza informe
O meu espírito intranquilamente dorme.
Combati, fui o gládio e o braço e a intenção
E dói-me a alma na alma e no gládio e na mão...
Meu gládio está caído aos meus pés... um torpor
Impregna de cansaço a minha própria dor...

s.d.

Não combati: ninguém mo mereceu.
A natureza e depois a arte, amei.
As mãos à chama que me a vida deu
Aqueci. Ela cessa. Cessarei.

s.d.

Dormi, sonhei. No informe labirinto
Que há entre o mundo e o nada me perdi.
Em bosques de mim mesmo me embebi,
Misto indeciso do que vejo e sinto.

'Stagno incorpóreo. No infiel recinto
Leio o transtorno do que nunca li,
E o labirinto nunca 'stá em si,
Nem há mundo no incerto e abstracto plinto.

Minha alma é um ser que a verdade engana,
Memória da partida dos navios
Na praia que de espuma se engalana.

Não voltaram dos longes os sombrios
Barcos, e o luar mole deixa ver
A praia com a espuma a escurecer.

s.d.

Meu pensamento, dito, já não é
Meu pensamento.
Flor morta, bóia no meu sonho, até
Que a leve o vento,

Que a desvie a corrente, a externa sorte.
Se falo, sinto
Que a palavras esculpo a minha morte,
Que com toda a alma minto.

Assim, quanto mais digo, mais me engano,
Mais faço eu
Um novo ser postiço, que engalano
De ser o meu.

Sim, já pensar é fala que reside
Já falo em mim assim.
Meu próprio diálogo interior divide
Meu ser de mim.

Mas é quando dou forma e voz do 'spaço
Ao que medito
Que abro entre mim e mim, quebrado um laço,
Um abismo infinito.

Ah, quem dera a perfeita concordância
De mim comigo,
O silêncio interior sem a distância
Entre mim e o que eu digo!

s.d.

Dai-me rosas e lírios,
Dai-me flores, muitas flores
Quaisquer flores, logo que sejam muitas...
Não, nem sequer muitas flores, falai-me apenas

Em me dardes muitas flores,
Nem isso...Escutai-me apenas pacientemente quan-
                                              do vos peço
Que me deis flores...
Sejam essas as flores que me deis...

Ah, a minha tristeza dos barcos que passam no rio,
Sob o céu cheio de sol!
A minha agonia da realidade lúcida!
Desejo de chorar absolutamente como uma criança

Com a cabeça encostada aos braços cruzados em cima
                                              da mesa,
E a vida sentida como uma brisa que me roçasse o
                                              pescoço,
Estando eu a chorar naquela posição.

O homem que apara o lápis à janela do escritório
Chama pela minha atenção com as mãos do seu gesto
                                              banal.
Haver lápis e aparar lápis e gente que os apara à janela,
                                              é tão estranho!
É tão fantástico que estas cousas sejam reais!
Olho para ele até esquecer o sol e o céu.

E a realidade do mundo faz-me dor de cabeça.
A flor caída no chão.
A flor murcha (rosa branca amarelecendo)
Caída no chão...
Qual é o sentido da vida?

[Álvaro de Campos?]

s.d.

Lembro-me bem do seu olhar.
Ele atravessa ainda a minha alma,
Como um risco de fogo na noite.
Lembro-me bem do seu olhar. O resto...
Sim o resto parece-se apenas com a vida.

Ontem, passei nas ruas como qualquer pessoa.
Olhei para as montras despreocupadamente
E não encontrei amigos com quem falar.
De repente vi que estava triste, mortalmente triste,
Tão triste que me pareceu que me seria impossível
Viver amanhã, não porque morresse ou me matasse,
Mas porque seria impossível viver amanhã e mais nada.

Fumo, sonho, recostado na poltrona.
Dói-me viver como uma posição incómoda.
Deve haver ilhas lá para o sul das cousas
Onde sofrer seja uma cousa mais suave,
Onde viver custe menos ao pensamento,
E onde a gente possa fechar os olhos e adormecer ao sol
E acordar sem ter que pensar em responsabilidades sociais
Nem no dia do mês ou da semana que é hoje.

Abrigo no peito, como a um inimigo que temo ofender,
Um coração exageradamente espontâneo
Que sente tudo o que eu sonho como se fosse real,
Que bate com o pé a melodia das canções que o meu
                              pensamento canta,
Canções tristes, como as ruas estreitas quando chove.

[Álvaro de Campos?]

SONO

s.d.

Tenho tal sono que pensar é um mal.
Tenho sono. Dormir é ser igual,
No homem, ao dispertar do animal.

É viver fundo nesse inconsciente
Com que à tona da vida o animal sente.
É ser meu ser profundo alheiamente.

Tenho sono talvez porque toquei
Onde sinto o animal que abandonei
E o sono é uma lembrança que encontrei.

QUADRAS AO GOSTO POPULAR

1

                                    s.d

Cantigas de portugueses
São como barcos no mar —
Vão de uma alma para outra
Com riscos de naufragar.

2

                                27.8.07

Eu tenho um colar de pérolas
Enfiado para te dar:
As per'las são os meus beijos,
O fio é o meu penar.

3

                               19.11.08

A terra é sem vida, e nada
Vive mais que o coração...
E envolve-te a terra fria
E a minha saudade não!

4

Deixa que um momento pense
Que ainda vives ao meu lado...
Triste de quem por si mesmo
Precisa ser enganado!

5

Morto, hei-de estar a teu lado
Sem o sentir nem saber...
Mesmo assim, isso me basta
P'ra ver um bem em morrer.

6
                                20.11.08
Não sei se a alma no Além vive...
Morreste! E eu quero morrer!
Se vive, ver-te-ei; se não,
Só assim te posso esquecer.

7
                                20.11.08
Se ontem à tua porta
Mais triste o vento passou —
Olha: levava um suspiro...
Bem sabes quem to mandou...

8

Entreguei-te o coração,
E que tratos tu lhe deste!
É talvez por 'star estragado
Que ainda não mo devolveste...

9

11.7.34

A caixa que não tem tampa
Fica sempre destapada.
Dá-me um sorriso dos teus
Porque não quero mais nada.

10

Tens o leque desdobrado
Sem que estejas a abanar.
Amor que pensa e que pensa
Começa ou vai acabar.

11

Duas horas te esperei
Dois anos te esperaria.
Dize: devo esperar mais?
Ou não vens porque inda é dia?

12

Toda a noite ouvi no tanque
A pouca água a pingar.
Toda a noite ouvi na alma
Que não me podes amar.

13

Dias são dias, e noites
São noites e não dormi...
Os dias a não te ver
As noites pensando em ti.

14

Trazes a rosa na mão
E colheste-a distraída...
E que é do meu coração
Que colheste mais sabida?

15

Teus olhos tristes, parados,
Coisa nenhuma a fitar...
Ah meu amor, meu amor,
Se eu fora nenhum lugar!

16

Depois do dia vem noite,
Depois da noite vem dia
E depois de ter saudades
Vêm as saudades que havia.

17

4.8.34

No baile em que dançam todos
Alguém fica sem dançar.
Melhor é não ir ao baile
Do que estar lá sem lá estar.

18

18.8.34
data provável

Vale a pena ser discreto?
Não sei bem se vale a pena.
O melhor é estar quieto
E ter a cara serena.

19

Rosmaninho que me deram,
Rosmaninho que darei,
Todo o mal que me fizeram
Será o bem que eu farei.

20

Tenho um relógio parado
Por onde sempre me guio.
O relógio é emprestado
E tem as horas a fio.

21

Quando é o tempo do trigo
É o tempo de trigar.
A verdade é um postigo
A que ninguém vem falar.

22

25.8.34

Levas chinelas que batem
No chão com o calcanhar.
Antes quero que me matem
Que ouvir esse som parar.

23

Em vez da saia de chita
Tens uma saia melhor.
De qualquer modo és bonita,
E o bonita é o pior.

24

Teus brincos dançam se voltas
A cabeça a perguntar.
São como andorinhas soltas
Que inda não sabem voar.

25

Tens uma rosa na mão.
Não sei se é para me dar.
As rosas que tens na cara,
Essas sabes tu guardar.

26

Fomos passear na quinta,
Fomos à quinta em passeio.
Não há nada que eu não sinta
Que me não faça um enleio.

27

Os alcatruzes da nora
Andam sempre a dar e dar.
É para dentro e p'ra fora
E não sabem acabar.

28

Ó minha menina loura,
Ó minha loura menina,
Dize a quem te vê agora
Que já foste pequenina...

29

Levas uma rosa ao peito
E tens um andar que é teu...
Antes tivesses o jeito
De amar alguém, que sou eu.

30

Tens um livro que não lês,
Tens uma flor que desfolhas;
Tens um coração aos pés
E para ele não olhas.

31

Nunca dizes se gostaste
Daquilo que te calei.
Sei bem que o adivinhaste.
O que pensaste não sei.

32

O vaso que dei àquela
Que não sabe quem lho deu
Há de ser posto à janela
Sem ninguém saber que é meu.

33

Tive uma flor para dar
A quem não ousei dizer
Que lhe queria falar,
E a flor teve que morrer.

34

Quando olhaste para trás,
Não supus que era por mim.
Mas sempre olhaste, e isso faz
Que fosse melhor assim.

35

Todos os dias eu penso
Naquele gesto engraçado
Com que pegaste no lenço
Que estava esquecido ao lado.

36

Tens uma salva de prata
Onde pões os alfinetes...
Mas não tem salva nem prata
Aquilo que tu prometes.

37

Adivinhei o que pensas
Só por saber que não era
Qualquer das coisas imensas
Que a minh'alma sempre espera.

38

Ouvi-te cantar de dia.
De noite te ouvi cantar.
Ai de mim, se é de alegria!
Ai de mim, se é de penar!

39

Por um púcaro de barro
Bebe-se a água mais fria.
Quem tem tristezas não dorme,
Vela para ter alegria.

40

O malmequer que arrancaste
Deu-te nada no seu fim,
Mas o amor que me arrancaste,
Se deu nada, foi a mim.

41

Teu xaile de seda escura
É posto de tal feição
Que alegre se dependura
Dentro do meu coração.

42

O manjerico comprado
Não é melhor que o que dão.
Põe o manjerico ao lado
E dá-me o teu coração.

43

Rosa verde, rosa verde...
Rosa verde é coisa que há?
É uma coisa que se perde
Quando a gente não está lá.

44

A rosa que se não colhe
Nem por isso tem mais vida.
Ninguém há que te não olhe
Que te não queira colhida.

45

2.9.34

Há verdades que se dizem
E outras que ninguém dirá.
Tenho uma coisa a dizer-te
Mas não sei onde ela está.

46

Quando ao domingo passeias
Levas um vestido claro.
Não é o que te conheço
Mas é em ti que reparo.

47

Tenho vontade de ver-te
Mas não sei como acertar.
Passeias onde não ando,
Andas sem eu te encontrar.

48

Andorinha que passaste,
Quem é que te esperaria?
Só quem te visse passar
E esperasse no outro dia.

49

Nuvem do céu, que pareces
Tudo quanto a gente quer,
Se tu, ao menos, me desses
O que se não pode ter!

50

O burburinho da água
No regato que se espalha
É como a ilusão que é mágoa
Quando a verdade a baralha.

51

Leve sonho, vais no chão
A andares sem teres ser.
És como o meu coração
Que sente sem nada ter.

52

7.9.34

Vai alta a nuvem que passa.
Vai alto o meu pensamento
Que é escravo da tua graça
Como a nuvem o é do vento.

53

Ambos à beira do poço
Achamos que é muito fundo.
Deita-se a pedra, e o que eu ouço
É teu olhar, que é meu mundo.

54

Aquela senhora velha
Que fala com tão bom modo
Parece ser uma abelha
Que nos diz: «Não incomodo.»

55

Maria, se eu te chamar,
Maria, vem cá dizer
Que não podes cá chegar.
Assim te consigo ver.

56

Boca com olhos por cima
Ambos a estar a sorrir...
Já sei onde está a rima
Do que não ouso pedir.

57

10.9.34

Quem lavra julga que lavra
Mas quem lavra é o que acontece...
Não me dás uma palavra
E a palavra não me esquece.

58

Tinhas um pente espanhol
No cabelo português,
Mas quando te olhava o sol,
Eras só quem Deus te fez.

59

Boca de riso escarlate
E de sorriso de rir...
Meu coração bate, bate,
Bate de te ver e ouvir .

60

Acendestes uma candeia
Com esse ar que Deus te deu.
Já não é noite na aldeia
E, se calhar, nem no céu.

61

Eu te pedi duas vezes
Duas vezes, bem o sei.
Que por fim me respondesses
Ao que não te perguntei.

62

11.9.34

Não digas mal de ninguém,
Que é de ti que dizes mal.
Quando dizes mal de alguém
Tudo no mundo é igual.

63

12.9.34

Todas as coisas que dizes
Afinal não são verdade.
Mas, se nos fazem felizes,
Isso é a felicidade.

64

Dás nós na linha que cose
Para que pare no fim.
Por muito que eu pense e ouse,
Nunca dás nó para mim.

65

13.9.34

Não sei em que coisa pensas
Quando coses sossegada...
Talvez naquelas ofensas
Que fazes sem dizer nada.

66

As gaivotas, tantas, tantas,
Voam no rio pró mar...
Também sem querer encantas,
Nem é preciso voar.

67

As ondas que a maré conta
Ninguém as pode contar.
Se, ao passar, ninguém te aponta,
Aponta-te com o olhar.

68

19.9.34

Todos os dias que passam
Sem passares por aqui
São dias que me desgraçam
Por me privarem de ti.

69

Quem me dera, quando fores
Pela rua sem me ver,
Supor que há coisas melhores
E que eu as pudera ter.

70

Quando cantas, disfarçando
Com a cantiga o cantar,
Parece o vento mais brando
Nesta brandura do ar.

71

Não sei que grande tristeza
Me fez só gostar de ti
Quando já tinha a certeza
De te amar porque te vi.

72

A mantilha de espanhola
Que trazias por trazer
Não te dava um ar de tola
Porque o não podias ter.

73

Boca de riso escarlate
Com dentes brancos no meio,
Meu coração bate, bate,
Mas bate por ter receio.

74

22.9.34

Se há uma nuvem que passa
Passa uma sombra também.
Ninguém diz que é desgraça
Não ter o que se não tem.

75

Tu, ao canto da janela,
Sorrias a alguém da rua.
Porquê ao canto, se aquela
Posição não é a tua?

76

Dá-me um sorriso ao domingo.
Para à segunda eu lembrar.
Bem sabes: sempre te sigo
E não é preciso andar.

77

Tens olhos de quem não quer
Procurar quem eu não sei.
Se um dia o amor vier
Olharás como eu olhei.

78

Pobre do pobre que é ele
E não é quem se fingiu!
Por muito que a gente vele
Descobre que já dormiu.

79

23.9.34

Não me digas que me queres
Pois não sei acreditar.
No mundo há muitas mulheres
Mas mentem todas a par.

80

Água que não vem na bilha
É como se não viesse.
Como a mãe, assim a filha...
Antes Deus as não fizesse.

81

Ó loura dos olhos tristes
Que me não quis escutar...
Quero só saber se existes
Para ver se te hei-de amar.

82

Há grandes sombras na horta
Quando a amiga lá vai ter...
Ser feliz é o que importa,
Não importa como o ser!

83

12.10.34

O moinho de café
Mói grãos e faz deles pó.
O pó que a minh'alma é
Moeu quem me deixa só.

84

Dizem que não és aquela
Que te julgavam aqui.
Mas se és alguém e és bela
Que mais quererão de ti?

85

Tenho um livrinho onde escrevo
Quando me esqueço de ti.
É um livro de capa negra
Onde inda nada escrevi.

86

Olhos tristes, grandes, pretos,
Que dizeis sem me falar
Que não há filhos nem netos
De eu não querer amar.

87

Meu coração a bater
Parece estar-me a lembrar
Que, se um dia te esquecer,
Será por ele parar.

88

Quantas vezes a memória
Para fingir que inda é gente,
Nos conta uma grande história
Em que ninguém está presente.

89

Trazes o vestido novo
Como quem sabe o que faz.
Como és bonita entre o povo,
Mesmo ficando para trás!

90

A tua boca de riso
Parece olhar para a gente
Com um olhar que é preciso
Para saber que se sente.

91

A laranja que escolheste
Não era a melhor que havia.
Também o amor que me deste
Qualquer outra mo daria.

92

Se o sino dobra a finados
Há-de deixar de dobrar.
Dá-me os teus olhos fitados.
E deixa a vida matar!

93

Por muito que pense e pense
No que nunca me disseste,
Teu silêncio não convence.
Faltaste quando vieste.

94

Tome lá, minha menina,
O ramalhete que fiz.
Cada flor é pequenina,
Mas tudo junto é feliz.

95

A vida é pouco aos bocados.
O amor é vida a sonhar.
Olho para ambos os lados
E ninguém me vem falar.

96

Dei-lhe um beijo ao pé da boca
Por a boca se esquivar.
A ideia talvez foi louca,
O mal foi não acertar.

97

Compras carapaus ao cento,
Sardinhas ao quarteirão.
Só tenho no pensamento
Que me disseste que não.

98

Duas horas te esperei.
Duas mais te esperaria.
Se gostas de mim não sei...
Algum dia há-de ser dia...

99

Tenho um desejo comigo
Que me traz longe de mim.
É saber se isto é contigo
Quando isto não é assim.

100

Leve vem a onda leve
Que se estende a adormecer
Breve vem a onda breve
Que nos ensina a esquecer.

101

Quando a manhã aparece
Dizem que nasce alegria.
Isso era se Ela viesse.
Até de noite era dia.

102

Nuvem alta, nuvem alta.
Porque é que tão alta vais?
Se tens o amor que me falta,
Desce um pouco, desce mais.

103

Teu carinho, que fingido,
Dá-me o prazer de saber
Que inda não tens esquecido
O que o fingir tem de ser.

104

A luva que retiraste
Deixou livre a tua mão.
Foi com ela que tocaste,
Sem tocar, meu coração.

105

O avental, que à gaveta
Foste buscar, não terá
Algibeira em que me meta
Para estar contigo já?

106

Quando vieste da festa,
Vinhas cansada e contente.
A minha pergunta é esta:
Foi da festa ou foi da gente?

107

Rouxinol que não cantaste,
Gaio que não cantarás,
Qual de vós me empresta o canto
Para ver o que ela faz?

108

Quando chegaste à janela
Todos que estavam na rua
Disseram: olha, é aquela,
Tal é a graça que é tua!

109

13.10.34

Nuvem que passas no céu,
Dize a quem não perguntou
Se é bom dizer a quem deu:
«O que deste, não to dou.»

110

2.11.34

«Vou trabalhando a peneira
E pensando assim assim.
Eu não nasci para freira.
Gosto que gostem de mim.»

111

Roseiral que não dás rosas
Senão quando as rosas vêm,
Há muitas que são formosas
Sem que o amor lhes vá bem.

112

«Ribeirinho, ribeirinho,
Que vais a correr ao léu
Tu vais a correr sozinho,
Ribeirinho, como eu.»

113

«Vesti-me toda de novo
E calcei sapato baixo
Para passar entre o povo
E procurar quem não acho.»

114

Tua boca me diz sim,
Teus olhos me dizem não.
Ai, se gostasses de mim
E sem saber a razão.

115

Quero lá saber por onde
Andaste todo este dia!
Nunca faz bem quem se esconde...
Mas ondes foste, Maria?

116

O vaso de manjerico
Caiu da janela abaixo.
Vai buscá-lo, que aqui fico
A ver se sem ti te acho.

117

O cravo que tu me deste
Era de papel rosado.
Mas mais bonito era inda
O amor que me foi negado.

118

Trazes os sapatos pretos
Cinzentos de tanto pó.
Feliz é quem tiver netos
De quem tu sejas avó!

119

Vem de lá do monte verde
A trova que não entendo.
É um som bom que se perde
Enquanto se vai vivendo.

120

Moreninha, moreninha,
Com olhos pretos a rir.
Sei que nunca serás minha,
Mas quero ver-te sorrir.

121

Puseste a chaleira ao lume
Com um jeito de desdém.
Suma-te o diabo que sume
Primeiro quem te quer bem!

122

Lá vem o homem da capa
Que ninguém sabe quem é...
Se o lenço os olhos te tapa
Vejo os teus olhos por fé.

123

Loura dos olhos dormentes,
Que são azuis e amarelos,
Se as minhas mãos fossem pentes,
Penteavam-te os cabelos.

124

O sino dobra a finados.
Faz tanta pena a dobrar!
Não é pelos teus pecados
Que estão vivos a saltar.

125

Traze-me um copo com água
E a maneira de o trazer.
Quero ter a minha mágoa
Sem mostrar que a estou a ter.

126

Olha o teu leque esquecido!
Olha o teu cabelo solto!
Maria, toma sentido!
Maria, senão não volto!

127

Já duas vezes te disse
Que nunca mais te diria
O que te torno a dizer
E fica para outro dia.

128

Lavadeira a bater roupa
Na pedra que está na água,
Achas a minha mágoa pouca?
É muito tudo o que é mágoa.

129

9.1.35

O teu lenço foi mal posto
Pela pressa que to pôs.
Mais mal posto é o meu desgosto
Do que não há entre nós.

130

Olhos de veludo falso
E que fitam a entender,
Vós sois o meu cadafalso
A que subo com prazer.

131

Duas vezes eu tentei
Dizer-te que te queria,
E duas vezes te achei
Só a que falava e ria.

132

Meu coração é uma barca
Que não sabe navegar.
Guardo o linho na arca
Com um ar de o acarinhar.

133

Tenho um desejo comigo
Que hoje te venho dizer:
Queria ser teu amigo
Com amizade a valer.

134

27.2.35

És Maria da Piedade,
Pois te chamaram assim.
Sê lá Maria à vontade,
Mas tem piedade de mim.

135

Tu és Maria da Graça,
Mas a que graça é que vem
Ser essa graça a desgraça
De quem a graça não tem?

136

Caiu no chão o novelo
E foi-se desenrolando.
Passas a mão no cabelo.
Não sei em que estás pensando.

137

A tua saia, que é curta,
Deixa-te a perna a mostrar:
Meu coração já se furta
A sentir sem eu pensar.

138

                                                  17.3.35

Meu amor é fragateiro.
Eu sou a sua fragata.
Alguns vão atrás do cheiro,
Outros vão só pela arreata.

139

                                                  3.4.35

Vai longe, na serra alta,
A nuvem que nela toca...
Dá-me aquilo que me falta —
Os beijos da tua boca.

140

4.4.35

Há um doido na nossa voz
Ao falarmos, que prendemos:
É o mal-estar entre nós
Que vem de nos percebermos.

141

Teu vestido, porque é teu,
Não é de cetim nem chita.
É de sermos tu e eu
E de tu seres bonita.

142

25.6.35

Entornaram-me o cabaz
Quando eu vinha pela estrada.
Como ele estava vazio,
Não houve loiça quebrada.

143

O rosário da vontade,
Rezei-o trocado e a esmo.
Se vens dizer-me a verdade,
Vê lá bem se é isso mesmo.

144

Castanhetas, castanholas —
Tudo é barulho a estalar.
As que ao negar são mais tolas
São mais espertas ao dar.

145

O manjerico e a bandeira
Que há no cravo de papel —
Tudo isso enche a noite inteira,
Ó boca de sangue e mel.

146

Tem a filha da caseira
Rosas na caixa que tem.
Toda ela é uma rosa inteira,
Mas não a cheira ninguém.

147

A moça que há na estalagem
Ri porque gosta de rir.
Não sei o que é da viagem
Por esta moça existir.

148

Lenço preto de orla branca —
Ataste-o mal a valer
À roda desse pescoço
Que tem que se lhe dizer.

149

s.d

Aquela loura de preto
Com uma flor branca ao peito,
É o retrato completo
De como alguém é perfeito.

150

A tua janela é alta.
A tua casa branquinha.
Nada lhe sobra ou lhe falta
Senão morares sozinha.

151

s.d

Vem cá dizer-me que sim.
Ou vem dizer-me que não.
Porque sempre vens assim
P'ra ao pé do meu coração.

152

Cortaste com a tesoura
O pano de lado a lado.
Porque é que todo teu gesto
Tem a feição de engraçado?

153

Ai, os pratos de arroz-doce
Com as linhas de canela!
Ai a mão branca que os trouxe!
Ai essa mão ser a dela!

154

Frescura do que é regado,
Por onde a água inda verte...
Quero dizer-te um bocado
Do que não ouso dizer-te.

155

s.d

Ó pastora, ó pastorinha,
Que tens ovelhas e riso,
Teu riso ecoa no vale
E nada mais é preciso.

156

A abanar o fogareiro
Ela corou do calor.
Ah, quem a fará corar
De um outro modo melhor!

157

Manjerico que te deram,
Amor que te querem dar...
Recebeste o manjerico.
O amor fica a esperar.

158

Dona Rosa, Dona Rosa,
De que roseira é que vem,
Que não tem senão espinhos
Para quem só lhe quer bem?

159

O laço que tens no peito
Parece dado a fingir.
Se calhar já estava feito
Como o teu modo de rir.

QUADRAS AO GOSTO POPULAR

160

Dona Rosa, Dona Rosa,
Quando eras inda botão
Disseram-te alguma cousa
De a flor não ter coração?

161

Tenho um segredo a dizer-te
Que não te posso dizer.
E com isto já to disse
Estavas farta de o saber...

162

Os ranchos das raparigas
Vão a cantar pela estrada...
Não oiço as suas cantigas
Só tenho pena de nada.

163

Rezas porque outros rezaram,
E vestes à moda alheia...
Quando amares vê se amas
Sem teres o amor na ideia.

164

A Senhora da Agonia
Tem um nicho na Igreja.
Mas a dor que me *agonia*
Não tem ninguém quem a veja.

165

s.d

Aparta o cabelo ao meio
A do cabelo apartado.
É a estrelinha em que leio
Que estou a ser enganado.

166

Esse frio cumprimento
Tem ironia p'ra mim.
Porque é o mesmo movimento
Com que a gente diz que sim...

167

Vejo lágrimas luzir
Nos teus olhos de fingida.
É como quando à janela
Chegas, um pouco escondida.

168

Trincaste, para o partir,
O retrós de costurar.
Quem não soubesse diria
Que o estavas a beijar.

169

Deixaste o dedal na mesa
Só pelo tempo da ausência —
Se eu to roubasse dirias
Que eu não tinha consciência.

170

Dá-me um sorriso daqueles
Que te não servem de nada
Como se dá às crianças
Uma caixa esvaziada.

171

O canário já não canta.
Não canta o canário já.
Aquilo que em ti me encanta
Talvez não me encantará.

172

Rezas a Deus ao deitar-te
Pedindo não sei o quê.
Se rezasses ao demónio,
Eu saberia o que é.

173

Boca que tens um sorriso
Como se fosse um florir,
Teus olhos cheios de riso
Dão-me um orvalho de rir.

174

Uma boneca de trapos
Não se parte se cair.
Fizeste-me a alma em farrapos...
Bem: não se pode partir.

175

O que sinto e o que penso
De ti é bem e é mal.
É como quando uma xícara
Tem o pires desigual.

176

Levas a mão ao cabelo
Num gesto de quem não crê.
Mas eu não te disse nada.
Duvidas de mim? Porquê?

177

Compreender um ao outro
É um jogo complicado,
Pois quem engana não sabe
Se não estava enganado.

178

À roda dos dedos juntos
Enrolaste a fita a rir.
Corações não são assuntos
E falar não é sentir.

179

Chamam-te boa, e o sentido
Não é bem o que eu supunha.
Boa não é apelido:
É, quando muito, alcunha.

180

Tu és Maria das Dores,
Tratam-te só por Maria.
Está bem, porque deste as dores
A quem quer que em ti se fia.

181

Se vais de vestido novo
O teu próprio andar o diz,
E ao passar por entre o povo
Até teu corpo é feliz.

182

Tens um anel imitado
Mas vais contente de o ter.
Que importa o falsificado
Se é verdadeiro o prazer.

183

s.d

Tenho ainda na lembrança
Como uma coisa que vejo,
O quando inda eras criança.
Nunca mais me dás um beijo!

184

O ar do campo vem brando,
Faz sono haver esse ar.
Já não sei se estou sonhando
Nem de que serve, sonhar.

185

Quando ela pôs o chapéu
Como se tudo acabasse,
Sofri de não haver véu
Que inda um pouco a demorasse.

186

Quem te deu aquele anel
Que ainda ontem não tinhas?
Como tu foste infiel
A certas ideias minhas!

187

Essa costura à janela
Que lhe inclinou a cabeça
Fez-me ver como era dela
Que o coração tinha pressa.

188

O ribeiro bate, bate
Nas pedras que nele estão,
Mas nem há nada em que bata
O meu pobre coração.

189

Nunca houve romaria
Que se lembrassem de mim...
Também quem se lembraria
De quem se lamenta assim?

190

Comes melão às dentadas
Porque assim não deve ser.
Não sei se essas gargalhadas
Me fazem rir ou sofrer.

191

Há dois dias que não vejo
Modo de tornar-te a ver.
Se outros também te não vissem,
Desejava sem sofrer.

192

O teu cabelo cortado
À maneira de rapaz
Não deixa justificado
Aquele amor que me faz.

193

Se te queres despedir
Não te despidas de mim,
Que eu não posso consentir
Que tu me trates assim.

194

Que te fez assim tão linda
Não o fez para mostrar
Que se é mais linda ainda
Quando se sabe negar.

195

Floriu a roseira toda
Com as rosas de trepar...
Tua cabeça anda à roda
Mas sabes-te equilibrar.

196

Morena dos olhos baços
Velados de não sei quê,
No mundo há falta de braços
Para o que o teu olhar vê.

197

Quando compões o cabelo
Com tua mão distraída
Fazes-me um grande novelo
No pensamento da vida.

198

Teus olhos de quem não fita
Vagueiam, 'stão na distância.
Se fosses menos bonita,
Isso não tinha importância.

199

s.d

Tocam sinos a rebate
E levantaste-te logo.
Teu coração só não bate
Por a quem puseste fogo.

200

O coração é pequeno,
Coitado, e trabalha tanto!
De dia a ter que chorar,
De noite a fazer o pranto...

201

Deram-me um cravo vermelho
Para eu ver como é a vida.
Mas esqueci-me do cravo
Pela hora da saída.

202

Fiz estoirar um cartucho
Contra a parede do lado.
Assim farei eu à vida,
Que o sonhar fez-me assoprado.

203

O malmequer que colheste
Deitaste-o fora a falar.
Nem quiseste ver a sorte
Que ele te podia dar.

204

Comi melão retalhado
E bebi vinho depois,
Quanto mais olho p'ra ti
Mais sei que não somos dois.

205

Trazes um lenço novinho
Na cabeça e a descair,
Se eu te beijar no cantinho
Só saberá quem nos vir.

206

s.d

E ao acabar estes versos
Feitos em modo menor
Cumpre prestar homenagem
À bebedeira do cantor.

207

Toda a noite, toda a noite,
Toda a noite sem pensar...
Toda a noite sem dormir
E sem tudo isso acabar.

208

Puseste um vaso à janela.
Foi sinal ou não foi nada,
Ou foi p'ra que pense em ti
Que te não importas nada?

209

Eu vi ao longe um navio
Que tinha uma vela só,
Ia sozinho no mar...
Mas não me fazia dó.

210

s.d

Corre a água pelas calhas
Lá segundo a sua lei.
Pareces, vista de lado,
Aquela que te julguei.

211

Lá por olhar para ti
Não julgues que é por gostar.
Eu gosto muito do sol,
E nem o posso fitar.

212

Viraste-me a cara quando
Ia a dizer-te, à chegada,
Que, se voltasses a cara,
Que eu não me importava nada.

213

Na quinta que nunca houve
Há um poço que não há
Onde há-de ir encontrar água
Alguém que te entenderá.

214

Voam débeis e enganadas
As folhas que o vento toma.
Bem sei: deitamos os dados
Mas Deus é que deita a soma.

215

Ribeirinho, ribeirinho,
Que falas tão devagar ,
Ensina-me o teu caminho
De passar sem desejar amar.

216

Do alto da torre da igreja
Vê-se o campo todo em roda.
Só do alto da esperança
Vemos nós a vida toda.

217

Dá-me um sorriso a brincar,
Dá-me uma palavra a rir,
Eu me tenho por feliz
Só de te ver e te ouvir.

218

s.d

Trazes um lenço apertado
Na cabeça, e um nó atrás.
Mas o que me traz cansado
É o nó que nunca se faz.

219

Vi-te a dizer um adeus
A alguém que se despedia,
E quase implorei dos céus
Que eu partisse qualquer dia.

220

Deixaste cair no chão
O embrulho das queijadas.
Ris-te disso — e porque não?
A vida é feita de nadas.

221

Deste-me um cordel comprido
Para atar bem um papel.
Fiquei tão agradecido
Que inda tenho esse cordel.

222

No dia de Santo António
Todos riem sem razão.
Em São João e São Pedro
Como é que todos rirão?

223

Tenho uma pena que escreve
Aquilo que eu sempre sinta.
Se é mentira, escreve leve.
Se é verdade, não tem tinta.

224

O capilé é barato
E é fresco quando há calor.
Vou sonhar o teu retrato
Já que não tenho melhor.

225

Baila o trigo quando há vento
Baila porque o vento o toca
Também baila o pensamento
Quando o coração provoca.

226

Fizeste molhos de flores
Para não dar a ninguém.
São como os molhos de amores
Que foras fazer a alguém.

227

Se houver alguém que me diga
Que disseste bem de mim,
Farei uma outra cantiga,
Porque esta não é assim.

228

Manjerico, manjerico,
Manjerico que te dei,
A tristeza com que fico
Inda amanhã a terei.

229

Eu voltei-me para trás
Para ver se te voltavas.
Há quem dê favas aos burros,
Mas eles comem as favas.

230

Ris-te de mim? Não me importo.
Rir não faz mal a ninguém.
Teu rir é tão engraçado
Que, quando faz mal, faz bem.

231

Ouves-me sem me entender.
Sorris sem ser porque falo.
É assim muita mulher .
Mas nem por isso me calo.

232

Se eu te pudesse dizer
O que nunca te direi,
Tu terias que entender
Aquilo que nem eu sei.

233

Bailaste de noite ao som
De uma música estragada.
Bailar assim só é bom
Quando a alegria é de nada.

234

Não sei que flores te dar
Para os dias da semana.
Tens tanta sombra no olhar
Que o teu olhar sempre engana.

235

Descasquei o camarão,
Tirei-lhe a cabeça toda.
Quando o amor não tem razão
É que o amor incomoda.

236

Cabeça de ouro mortiço
Com olhos de azul do céu,
Quem te ensinou o feitiço
De me fazer não ser eu?

237

São já onze horas da noite.
Porque te não vais deitar?
Se de nada serve ver-te,
Mais vale não te fitar.

238

Tiraste o linho da arca,
Da arca tiraste o linho.
Meu coração tem a marca
Que lhe puseste mansinho.

239

Ao dobrar o guardanapo
Para o meteres na argola
Fizeste-me conhecer
Como um coração se enrola.

240

Quando eu era pequenino
Cantavam para eu dormir.
Foram-se o canto e o menino.
Sorri-me para eu sentir!

241

Meia volta, toda a volta,
Muitas voltas de dançar...
Quem tem sonhos por escolta
Não é capaz de parar.

242

s.d

Fui passear no jardim
Sem saber se tinha flores
Assim passeia na vida
Quem tem ou não tem amores.

243

No dia em que te casares
Hei-de te ir ver à Igreja
Para haver o sacramento
De amar-te alguém que ali esteja.

QUADRAS AO GOSTO POPULAR

244

Quando apertaste o teu cinto
Puseste o cravo na boca.
Não sei dizer o que sinto
Quando o que sinto me toca.

245

Toda a noite ouvi os cães
P'ra manhã ouvi os galos.
Tristeza — vem ter conosco.
Prazeres — é ir achá-los.

246

Deram-me, para se rirem,
Uma corneta de barro,
Para eu tocar à entrada
Do Castelo do Diabo.

247

Quando te apertei a mão
Ao modo de assim-assim,
Senti o meu coração
A perguntar-me por mim.

248

Tinhas um vestido preto
Nesse dia de alegria...
Que certo! Pode pôr luto
Aquele que em ti confia.

249

Só com um jeito do corpo
Feito sem dares por isso
Fazes mais mal que o demónio
Em dias de grande enguiço.

250

Esse xaile que arranjaste,
Com que pareces mais alta
Dá ao teu corpo esse brio
Que à minha coragem falta.

251

Tem um decote pequeno,
Um ar modesto e tranquilo;
Mas vá-se lá descobrir
Coisa pior do que aquilo!

252

Teus olhos poisam no chão
Para não me olhar de frente.
Tens vontade de sorrir
Ou de rir? É tão diferente!

253

s.d

Quando passas pela rua
Sem reparar em quem passa,
A alegria é toda tua
E minha toda a desgraça.

254

A esmola que te vi dar
Não me deu crença nem fé.
Pois a que estou a esperar
Não é esmola que se dê.

255

Caiu no chão a laranja
E rolou pelo chão fora.
Vamos apanhá-la juntos,
E o melhor é ser agora.

256

Quando te vais a deitar
Não sei se rezas se não.
Devias sempre rezar
E sempre a pedir perdão.

257

É limpo o adro da igreja.
É grande o largo da praça.
Não há ninguém que te veja
Que te não encontre graça.

258

Quando agora me sorriste
Foi de contente de eu vir,
Ou porque me achaste triste,
Ou já estavas a sorrir?

259

Boca que o riso desata
Numa alegria engraçada,
És como a prata lavrada
Que é mais o lavor que a prata.

260

Por cima da saia azul
Há uma blusa encarnada,
E por cima disso os olhos
Que nunca me dizem nada.

261

Fazes renda de manhã
E fazes renda ao serão.
Se não fazes senão renda,
Que fazes do coração?

262

Todos te dizem que és linda.
Todos to dizem a sério.
Como o não sabes ainda
Agradecer é mistério.

263

Eu bem sei que me desdenhas
Mas gosto que seja assim,
Que o desdém que por mim tenhas
Sempre é pensares em mim.

264

A tua irmã é pequena,
Quando tiver tua idade,
Transferirei minha pena
Ou fico só com metade?

265

Quando me deste os bons-dias
Deste-mos como a qualquer.
Mais vale não dizer nada
Do que assim nada dizer.

266

Tenho uma ideia comigo
De que não quero falar.
Se a ideia fosse um postigo,
Era p'ra te ver passar.

267

Andorinha que vais alta,
Porque não me vens trazer
Qualquer coisa que me falta
E que te não sei dizer?

268

Tenho um lenço que esqueceu
A que se esquece de mim.
Não é dela, não é meu,
Não é princípio nem fim.

269

Duas horas vão passadas
Sem que te veja passar.
Que coisas mal combinadas
Que são amor e esperar!

270

Houve um momento entre nós
Em que a gente não falou.
Juntos, estávamos sós.
Que bom é assim estar só!

271

«Das flores que há pelo campo
O rosmaninho é rei...»
É uma velha cantiga...
Bem sei, meu Deus, bem o sei.

272

O moinho que mói trigo
Mexe-o o vento ou a água,
Mas o que tenho comigo
Mexe-o apenas a mágoa.

273

Aquela que tinha pobre
A única saia que tinha,
Por muitas roupas que dobre
Nunca será mais rainha.

274

Tens uns brincos sem valia
E um lenço que não é nada,
Mas quem dera ter o dia
De quem és a madrugada.

275

Loura, teus olhos de céu
Têm um azul que é fatal.
Bem sei: foi Deus que tos deu.
Mas então Deus fez o mal?

276

Vai alta sobre a montanha
Uma nuvem sem razão.
Meu coração acompanha
O não teres coração.

277

Dizem que as flores são todas
Palavras que a terra diz.
Não me falas: incomodas.
Falas: sou menos feliz.

278

Duas vezes jurei ser
O que julgo que sou,
Só para desconhecer
Que não sei para onde vou.

279

O pescador do mar alto
Vem contente de pescar.
Se prometo, sempre falto:
Receio não agradar.

280

Todos lá vão para a festa
Com um grande azul de céu.
Nada resta, nada resta...
Resta sim, que *resta* eu.

281

Andei sozinho na praia
Andei na praia a pensar
No jeito da tua saia
Quando lá estiveste a andar.

282

Onda que vens e que vais
Mar que vais e depois vens,
Já não sei se tu me atrais,
E, se me atrais, se me tens.

283

Quando há música, parece
Que dormes, e assim te calas,
Mas se a música falece
Acordo, e não me falas.

284

Trazes uma cruz no peito.
Não sei se é por devoção.
Antes tivesse o jeito
De ter lá um coração.

285

O guardanapo dobrado
Quer dizer que se não volta.
Tenho o coração atado:
Vê se a tua mão mo solta.

286

«À tua porta está lama.
Meu amor, quem na faria?»
É assim a velha cantiga
Que como tu principia.

287

Menina de saia preta
E de blusa de outra cor,
Que é feito daquela seta
Que atirei ao meu amor?

288

Lavas a roupa na selha
Com um vagar apressado,
E o brinco na tua orelha
Acompanha o teu cuidado.

289

Duas vezes te falei
De que te iria falar.
Quatro vezes te encontrei
Sem palavra p'ra te dar.

290

Velha cadeira deixada
No canto da casa antiga
Quem dera ver lá sentada
Qualquer alma minha amiga.

291

Trazes a bilha à cabeça
Como se ela não houvesse.
Andas sem pressa depressa
Como se eu lá não estivesse.

292

s.d

Trazes um manto comprido
Que não é xaile a valer.
Eu trago em ti o sentido
E não sei que hei-de dizer.

293

Olhas para mim às vezes
Como quem sabe quem sou.
Depois passam dias, meses,
Sem que vás por onde vou.

294

Quando tiraste da cesta
Os figos que prometeste
Foi em mim dia de festa,
Mas foi a todos que os deste.

295

Aquela que mora ali
E que ali está à janela
Se um dia morar aqui
Se calhar não será ela.

296

Mas que grande disparate
É o que penso e o que sinto.
Meu coração bate, bate
E se sonho muito, minto.

297

Puseste por brincadeira
A touca da tua irmã.
Ó corpo de bailadeira,
Toda a noite tem manhã.

298

Dizes-me que nunca sonhas
E que dormes sempre a fio.
Quais são as coisas risonhas
Que sonhas por desfastio?

299

s.d

O teu carrinho de linha
Rolou pelo chão caído.
Apanhei-o e dei-o e tinha
Só em ti o meu sentido.

300

A vida é um hospital
Onde quase tudo falta.
Por isso ninguém se cura
E morrer é que é ter alta.

301

Saudades, só portugueses
Conseguem senti-las bem,
Porque têm essa palavra
Para dizer que as têm.

302

«Mau, Maria!». — tu disseste
Quando a trança te caía.
Qual «Mau, Maria», Maria!
«Má Maria!» «Má Maria!»

303

Era já de madrugada
E eu acordei sem razão.
Senti a vida pesada,
Pesado era o coração.

304

Boca de romã perfeita
Quando a abres p'ra comer,
Que feitiço é que me espreita
Quando ris só de me ver?

305

Tenho um segredo comigo
Que me faz sempre cismar.
É se quero estar contigo
Ou quero contigo estar.

306

Trazes já aquele cinto
Que compraste no outro dia.
Eu trago o que sempre sinto
E que é contigo, Maria.

307

Teu olhar não tem remorsos
Não é por não ter que os ter.
É porque hoje não é ontem
E viver é só esquecer.

308

s.d

Disseste-me quase rindo:
«Conheço-te muito bem!»
Dito por quem me não quer,
Tem muita graça, não tem?

309

Que tenho o coração preto
Dizes tu, e inda te alegras.
Eu bem sei que o tenho preto:
Está preto de nódoas negras.

310

Na praia de Monte Gordo,
Meu amor, te conheci.
Por ter estado em Monte Gordo
É que assim emagreci.

311

Fica o coração pesado
Com o choro que chorei.
É um ficar engraçado
O ficar com o que dei...

312

Este é o riso daquela
Em que não se reparou.
Quando a gente se acautela
Vê que não se acautelou.

313

Tens vontade de comprar
O que vês só porque o viste.
Só a tenho de chorar
Porque só compro o ser triste.

314

Baila em teu pulso delgado
Uma pulseira que herdaste...
Se amar alguém é pecado,
És santa, nunca pecaste.

315

Teus olhos querem dizer
Aquilo que se não diz...
Tenho muito que fazer...
Que sejas muito feliz!

316

Água que passa e canta
É água que faz dormir...
Sonhar é coisa que encanta,
Pensar é já não sentir.

317

Deste-me um adeus antigo
À maneira de eu não ser
Mais que o amigo do amigo
Que havias de poder ter.

318

Linda noite a desta lua,
Lindo luar o que está
A fazer sombra na rua,
Por onde ela não virá.

319

s.d

O papagaio do paço
Não falava — assobiava.
Sabia bem que a verdade.
Não é coisa de palavra.

320

Puseste a mantilha negra
Que hás-de tirar ao voltar.
A que me puseste na alma
Não tiras. Mas deixa-a estar!

321

Trazes os brincos compridos,
Aqueles brincos que são
Como as saudades que temos
A pender do coração.

322

Deixaste cair a liga
Porque não estava apertada...
Por muito que a gente diga
A gente nunca diz nada.

323

Não há verdade na vida
Que se não diga a mentir.
Há quem apresse a subida
Para descer a sorrir.

324

No dia de S. João
Há fogueiras e folias
Gozam uns e outros não,
Tal qual como os outros dias.

325

Santo António de Lisboa
Era um grande pregador ,
Mas é por ser *Santo António*
Que as moças lhe têm amor.

POEMAS PARA LILI

No comboio descendente
Vinha tudo à gargalhada,
Uns por verem rir os outros
E os outros sem ser por nada —
No comboio descendente
De Queluz à Cruz Quebrada...

No comboio descendente
Vinham todos à janela,
Uns calados para os outros
E os outros a dar-lhes trela —
No comboio descendente
Da Cruz Quebrada a Palmela...

No comboio descendente
Mas que grande reinação!
Uns dormindo, outros com sono,
E os outros nem sim nem não —
No comboio descendente
De Palmela a Portimão...

★

Pia, pia, pia
O mocho,
Que pertencia
A um coxo.
Zangou-se o coxo
Um dia,
E meteu o mocho
Na pia, pia, pia...

★

Levava eu um jarrinho
P'ra ir buscar vinho
Levava um tostão
P'ra comprar pão;
E levava uma fita
Para ir bonita.

Correu atrás
De mim um rapaz:
Foi o jarro p'ra o chão,
Perdi o tostão,
Rasgou-se-me a fita...
Vejam que desdita!

Se eu não levasse um jarrinho,
Nem fosse buscar vinho,
Nem trouxesse uma fita
Para ir bonita,
Nem corresse atrás
De mim um rapaz
Para ver o que eu fazia,
Nada disto acontecia.

POEMA PIAL

Casa Branca — Barreiro a Moita (Silêncio ou estação, à escolha do freguês)

Toda a gente que tem as mãos frias
Deve metê-las dentro das pias.

Pia número UM,
Para quem mexe as orelhas em jejum.

Pia número DOIS,
Para quem bebe bifes de bois.

Pia número TRÊS,
Para quem espirra só meia vez.

Pia número QUATRO,
Para quem manda as ventas ao teatro.

Pia número CINCO,
Para quem come a chave do trinco.

Pia número SEIS,
Para quem se penteia com bolos-reis.

Pia número SETE,
Para quem canta até que o telhado se derrete.

Pia número OITO,
Para quem parte nozes quando é afoito.

Pia número NOVE.
Para quem se parece com uma couve.

Pia número DEZ,
Para quem cola selos nas unhas dos pés.

E, como as mãos já não estão frias
Tampa nas pias!

A presente edição de NOVAS POESIAS INÉDITAS & QUADRAS AO GOSTO POPULAR de Fernando Pessoa é o Volume de número 28 da Coleção Excelsior. Capa Cláudio Martins. Impresso na Líthera Maciel Editora e Gráfica Ltda., à rua Simão Antônio 1.070 - Contagem, para a Editora Itatiaia, à Rua São Geraldo, 67 - Belo Horizonte - MG. No catálogo geral leva o número 01113/3B. ISBN. 85-319-0731-4.